「선배… 저랑, 사귀어 주지 않을래요?」

「감히 저를 놀리다니, 건방진 선배네요…」

이케 토우카

「하루마도 학생회 일 힘내! …그리고 토, 토모키 군도!」

하사키 카나

「답례야. 정말로 고마워, 토모키 군.」

마키리 치아키

첫 데이트

친구 캐릭인 내가 인기 많을 리 없잖아? 1

세카이이치

CONTENTS

세카이이치

일러스트/**토마리**

1
친구 캐릭인 내가 인기 많을 리 없잖아?

내 중학교 3년…… 아니, 중학교까지 15년간은 의심할 여지도 없는 최악의 인생이었다.

선천적으로 눈매가 사나워 두려움의 대상이 된다든가, 미움을 받는다든가, 이유도 없이 원수 취급을 받는다든가.

아무튼, 타인이 호의를 갖고 접해주는 경우가 극단적으로 적었다.

그런 나에게 솔직히 말해 '고등학생이 되면 뭔가가 변할지도'라는, 고교 진학을 앞둔 청소년이 흔히 품는 모호한 기대감은 조금도 없었다.

그 예상은 반은 맞고 반은 빗나갔다.

고등학교에서도 사람들은 대부분 나를 이유 없이 경멸하고 싫어하고 기피했다.

나에게 쏟아지는 그런 적의에는 익숙하다.

'뭐, 이럴 줄 알았지'라고 생각했을 뿐, 딱히 놀라지도 않았다.

……하지만 그것만은 아니었다.

"토모키 군……. 이라고 했지? 이렇게 옆자리에 앉은 것도 인연인데 괜찮으면 학교 끝나고 맥도날드나 들렀다 갈래?"

구김살 없이 웃으며 나에게 말을 건 그 학생을 한마디로 요약하자면… 픽션의 주인공 같은 녀석이었다.

용모단정, 문무겸비.

거리를 걷다 보면 연예인 기획사에서 스카우트를 받기도 하고, 시험을 치면 1등을 놓치는 일이 없다.

운동신경도 발군이라, 학생회 소속인데도 어떤 스포츠든 해당 종목의 부원한테 지는 일이 없었다.

그런 완벽초인이니까, 엄청나게 콧대 높은 재수 없는 녀석일 줄 알았는데, 누구에게나 공평하게 대하는 정의로운 남자였다.

이 남자는 모두가 동경하고 연모하는 진정한 히어로였다.

그래서 이케는 인기가 많다. 엄청나게 많다.

아이돌에 견줄 만큼 귀여운 소꿉친구는 언제나 이케와 함께 움직인다.

학생회 고문교사인 젊은 미인 선생님도 녀석을 인정하고 의지한다.

그리고 이 스토리의 주인공에게는 약속된 설정대로 엄

청나게 귀여운 여동생이 있고, 그 여동생도 화려한 외모와 대화 스킬, 그리고 학력으로 교내 카스트 최상위에 군림하고 있다.

그 외에도 연예인마저 빛이 바랠 정도의 미녀나 미소녀가 주위에 잔뜩 모여 있고, 당연하다는 듯이 그를 좋아한다.

즉.

알면 알수록 이케 하루마란 남자는 주인공일 수밖에 없다는 것이다.

이렇게까지 엄청난 격차를 보여준다면 딱히 발끈하거나 시기할 일조차 없다.

그저 '아아, 이 녀석은 정말 대단하구나'라고 진심으로 이해하게 된다.

패배를 인정하지 않을 방법이 없는 것이다.

그리고 어느새.

나는 이케의 친구 캐릭터라는 사실을 자랑스럽게 생각하게 되었다.

다른 녀석들이 아무리 나를 싫어해도 상관없다.

이케라는 친구가 나를 이해해 준다면 그걸로 만족한다.

주인공한테만 이해받는다니, 조금 좋은 역할 아닌가? 라는 생각마저 하게 된다.

……그러니까 내 고등학교 생활은.

상식적으로 생각하면, 평범 미만에 엉망진창인 내 고등학교 생활은…….

그렇게까지 나쁘지 않다, 라고.

주인공 이케 하루마 덕분에 생각하게 된 것이다.

☆　☆　☆

……그리고 무사히 고교 2학년으로 진급하는 데에 성공한 나에게, 친구 캐릭터에게는 있을 수 없는 이벤트가 일어나 버렸다.

"선배…… 저랑, 사귀어 주지 않을래요?"

눈앞에 있는 사람은 어깨까지 오는 머리카락을 갈색으로 물들이고, 메이크업으로 자신을 화려하게 치장한, 조금 노는 듯한 인상이긴 하지만 누가 봐도 반론할 수 없는 미소녀.

그런 미소녀에게 어째서인지 나는 고백을 받게 되었다.

"뭐?"

눈앞의 소녀가 한 말을 잘못 들었다고 생각한 내 입에선, 그런 멍한 목소리밖에 흘러나오지 않았다.

그야 그렇잖아?

모두에게 미움받는 내게, 미소녀에게 고백을 받는다는

아름다운 이벤트가 일어날 리 없다.

그런 건 완벽 주인공인 이케한테나 어울리는 일이다.

"다시 한번 말하게 하고 싶은 거예요? 참 짓궂은 선배네요. ……저랑, 사귀어 주지 않을래요?"

어른스러운 미소를 지으며 방금 전과 같은 말을 반복한 그 소녀는….

이 세계의 주인공인 이케의 여동생이자, 본인 역시 교내 카스트 최상위에 군림하는 여동생계 히로인.

이케 토우카였다.

2
친구 캐릭터와 주인공

고등학교 2학년 봄.

나는 이 벚꽃 지는 계절이 항상 불편했다.

새로운 만남의 시기.

그건 즉, 이제까지의 인간관계에 변화가 일어난다는 뜻이다.

고등학생에게도 그건 다르지 않다.

오늘은 시업식이 있는 날.

나는 등교하자마자 교문 근처에 게시된 학급 배정표를 확인하기 위해, 사람이 잔뜩 모인 자리에 와 있었다.

주위를 신경 쓰지 않고 시끌벅적하게 구는 녀석들 사이를 걸어서 지나가다가, 요란스럽게 떠들던 어느 남학생과 가볍게 몸이 닿아 버렸다.

"아, 미안…… 히엑?! 토, 토토토토토, 토모키?! 구, 군?! 미, 미미미미미미안, 정말로 미안, 진짜 미안해!!"

고개를 돌려 이쪽을 보자마자 보는 내가 미안해질 정도로 겁에 질려 끝없이 사과하는 남학생.

별로 이 정도는 아무렇지도 않아, 신경 쓰지 마.

나는 그렇게 말해야겠다고 생각했지만…….

"윽?! 토, 토모키 군?! 다, 다들 뭐해, 빨리 길 좀 비켜봐!"

그 말로 인해 나에게 시선이 집중되었다.

그리고 다들 겁먹은 표정으로 내 주위에서 물러섰다.

남은 사람은 아까부터 필사적으로 사과를 계속하는 남학생뿐이었다.

"우와, 진짜로 토모키잖아……."

"그럼 쟤, 토모키한테 부딪친 거야?"

"나중에 엄청 얻어맞겠지, 불쌍해−."

나와 끝없이 사과하고 있는 남학생에게 호기심 가득한 시선이 쏟아졌다.

뒤에서 이런 소리를 듣는 건 언제나 있는 일이지만, 새 학기 첫날부터 이런 일을 겪으니 영 기분이 우울해진다.

──이 학교에서 나는 극악한 불량학생이자 두려움의 대상으로 인식되고 있었다.

이유는 간단하다.

"그보다 역시 토모키는, 얼굴 진짜 무섭지……."

얼굴이 무섭게 생겨서.

원래부터 눈매가 험악한 데다 예전에 다쳐서 눈 아래를 꿰맨 자리에 흉터가 남는 바람에, 가뜩이나 안 좋은 인상이 더 나빠져 버린 것이다.

이 상처 때문에 나는 조금 나쁘다 수준을 넘어 극악무도한 인간으로 취급받고 있다.

"미, 미안해, 토모키 군!"

좀 전보다 더 큰 목소리로 사과하는 남학생한테 '이제됐어'라고만 말했다.

후우, 하고 가슴을 쓸어내리는 그 녀석을 지나쳐 학급배정표를 재빨리 확인했다.

내가 몇 반인지만 확인하고 곧바로 이 자리를 뜨자.

나에게도 다른 녀석들에게도 그게 최선이다.

게시판에서 금세 내 이름을 찾을 수 있었다.

2학년 A반.

난 이제부터 1년 동안 이 반 소속이 된다.

내 이름을 확인하고 나서 또 한 명, 같은 반에 그 이름이 있는지 확인하려고 하자…….

"유우지, 또 같은 반이 되었구나. 올해도 잘 부탁해."

뒤에서 남자 목소리가 들렸다.

돌아보지 않아도 누구인지 곧바로 알 수 있었다.

……이렇게 편하게 나한테 말을 거는 사람은 한 명뿐인친구밖에 없기 때문이다.

"그래, 나야말로 잘 부탁해. 이케. ……그런데 언제부터내 뒤에 있었던 거야?"

고개를 돌리니 거기에는 내 유일한 친구이자 이 세상의 주인공인 이케 하루마가 있었다.

용모단정, 두뇌명석, 운동신경과 커뮤니케이션 능력 발군.

신께서 캐릭터 메이킹을 할 때 대놓고 편애한 게 분명하다.

그렇게 단언할 수 있을 정도로 상쾌한 미청년.

내 옆에 있지 않았다면 지금쯤 이 녀석 주위에 사람들이 잔뜩 모여들었을 것이다.

"나도 지금 왔어. 넌 눈에 띄니까 금방 찾을 수 있더라고."

"내 주변에 사람이 없어서가 아니라?"

"뭐, 그렇게 말할 수도 있겠네."

내 자학을 이케는 가벼운 대답으로 흘려넘겼다.

그림처럼 상쾌하게 웃는 이케에게 나는 말했다.

"그럼 나는 먼저 교실로……. 아니. 어디서 적당히 시간을 보낸 후에 교실로 가야겠다. 나중에 보자."

내가 교실에 있으면 분위기가 상당히 무거워지기 때문이다.

그걸 피하기 위해 되도록 교실에선 머무르지 않으려고 하고 있다.

오늘도 아슬아슬한 시간에 등교할까 생각했지만, 내가 몇 반인지 찾다가 시간을 잡아먹어 지각이라도 한다면 또 내 양아치 에피소드가 추가되어 주변 사람들을 겁먹게 만든다.

그런 사태는 피하고 싶었다.

"그래. 그럼 나중에 보자."

이케는 가볍게 대답했다.

나는 재빨리 자리를 떴다.

그러자 방금까지 공백이었던 공간이 순식간에 사라지고 이케 주위에 사람이 모여들었다.

"이케, 나 너랑 같은 반이더라!"

"나도 같은 반이야! 저기─, 라인 교환하지 않을래?!"

"앗, 새치기라니 치사…… 이, 이케! 나도 교환해도 될까?"

내가 인생을 수백 번 리셋해도 도저히 재현할 수 없을 듯한 광경이 그곳에 있었다.

그 모습을 보고 '어째서 저 녀석만'이라고 부러워하지는 않는다.

그야 나는 저 녀석의 친구이고.

친구의 행복한 모습을 보는 건 나에게도 기쁜 일이니까.

☆　☆　☆

시업식이 끝나, 새로운 반에서 들떠 떠들어대는 같은 반

학생들을 모른 척하고 곧바로 귀가하려는 나에게,

"유우지, 잠깐 괜찮아?"

말을 건 사람은 물론 이케였다.

"응, 무슨 일이야?"

나는 멈춰 서서 그렇게 대답했지만, 가급적 빨리 귀가하고 싶었다.

모두가 좋아하는 이케와 모두가 싫어하는 내가 대화하는 모습은 아무래도 눈에 띄기 때문이다.

"오늘 같은 반이 된 애들이랑 친목회 하기로 했는데, 같이 안 갈래?"

이케의 말에 들떠 있던 모두에게 긴장이 퍼지는 걸 알 수 있었다.

주뼛거리며 조심스럽게 우리를 보는 반 아이들.

나는 못 말리겠다는 듯이 고개를 가로젓고 대답했다.

"미안, 오늘 볼일이 있어서."

내 대답에 이케는 잠깐 뭔가를 말하려다가 금세 납득한 듯했다.

"그렇구나. 불러 세워서 미안해. 그럼 내일 보자."

"그래, 내일 보자."

우리의 대화를 듣던 반 아이들이 긴장을 푸는 걸 곧바로 알 수 있었다.

그대로 교실을 나가려고 하자,

"아, 맞다, 유우지."

이케가 다시 말을 걸었다.

"뭔데, 이번엔?"

"아니, 중요한 건 아닌데, 내 여동생이 이번에 입학하거든. 그러니까 잘 부탁해."

부드럽게 웃으면서 이케는 말했다.

"……그래."

나는 아무튼 그렇게 대답하고 이케에게서 등을 돌려 교실을 나왔다.

……아마 내가 이케의 여동생에게 어떤 식으로든 잘해 줄 기회는 없을 것이다.

내 얼굴을 본 여자애는 대부분 겁먹어서 제대로 말조차 못 하니까.

친구 이케의 동생이라 해도 예외는 아니겠지.

──그때의 나는.

설마 그 동생한테 고백을 받게 될 줄은 꿈에도 생각하지 못했다.

3
친구 캐릭터와 히로인즈

다음 날, 평소와 다름없이 등교했다.

새로 친해진 사이끼리 시끌벅적하게 떠들던 녀석들이 내가 교실에 들어가자마자 쥐죽은 듯 조용해졌다.

불편해…….

그렇게 생각했지만, 딱히 내가 나쁜 짓을 한 것도 아니니 그대로 당당하게 내 자리로 향했다.

"오, 좋은 아침."

자리에 앉자 이케가 나에게 말을 걸었다.

"응, 좋은 아침."

나도 대답했다.

주위의 떠들썩함이 조금씩 회복되었다.

……드문 일이네.

내가 있으면 '잡담 같은 건 감히 할 수 없습니다'라는 분위기가 되는 게 기본인데.

수업 시작까지 아직 몇 분 남았지만, 반이 바뀐 직후다.

그래서 반 아이들도 긴장이 느슨해져 있다…는 걸까?

"……어제 넌 딱히 불량학생이 아니라고 모두한테 설명했는데, 역시 곧바로 받아들이지는 못하는 모양이야."

이케가 조금 쓸쓸하다는 듯이 중얼거렸다.

"여전히, 남 챙기는 녀석이네."

"나는 네가 질 나쁜 인간이 아니라는 걸 모두가 알아줬으면 했을 뿐이야. 실제로도 1학년 2학기 이후로는 네 품행이 불량했던 것도 아니고, 내 말도 믿어 주었으니까. …하지만 너한테는 괜한 참견이었을까?"

조심스러운 시선을 나에게 보내는 이케.

"……마음대로 해."

그렇게 무뚝뚝하게 대답했지만, 속으로는 엄청나게 기뻤다.

나를 위해서 노력해 주는 친구.

주인공 이케에게는 아마 당연한 행위겠지.

하지만 나에게는 이제까지 그런 친구가 단 한 명도 없었다. 그래서 참기 힘들 정도로 기뻐진다.

그리고 실제로 반 아이들의 태도도 부드러워져, 나를 받아들여주는 쪽으로 변해 있었다.

역시 이케는 대단하다. 이 세계관의 주인공이 되기에 부족함이 없다고 생각한다.

"그래, 마음대로 할게."

산뜻한 훈남 미소를 선보이는 이케.

그때 타이밍을 잰 듯이 수업종이 울리고 담임 선생님이 교실로 들어왔다.

"다들 자리에 앉아라−. 출석 부른다−."

"그럼 나중에 보자."

이케는 그 말만 남기고 자기 자리로 돌아갔다.

☆　☆　☆

방과 후, 오늘도 무난하게 수업이 끝나고 자리에서 일어나 돌아가려는데.

"유우지, 미안한데 혹시 시간 있으면 조금만 도와줄 수 없을까? 신입생한테 배포할 자료를 인쇄실에서 학생회실로 가지고 가야 하는데 혼자서는 힘들어서 말야."

이케가 나에게 고개를 숙였다.

이 녀석은 인망이 두터워, 1학년 때 학생회 선거에서 승리해 당당하게 학생회장이 되었다.

"응? 어, 학생회 일이냐. 잠깐 정도라면 괜찮아."

"항상 고마워, 덕분에 살았다. 다음에 뭐라도 살게."

"그래, 기대하마."

그렇게 되어 이케와 함께 자료를 운반하기로 했다.

일단 학생회실에 가방을 두고 가기로 해서, 교실동에서 학생회실이 있는 관리동 2층으로 이동했다.

"잠깐만. 지금 열쇠로 문을……. 어라, 열려 있네."

이케가 가방에서 열쇠를 꺼내, 문을 열려고 했지만 이미 열려 있는 듯했다.

"잠그는 걸 깜빡한 건가?"

"아니, 이건 아마도……."

그렇게 중얼거리며 문을 열자 거기에는 어느 여성이 있었다.

"고생 많으시네요, 마키리 선생님."

"으응, 이케 군도 고생이 많네. 그리고 토모키 군은 또 학생회 일을 도와주러 왔니?"

나에게 조용히 말을 건넨 사람은 학생회 고문을 맡고 있는 마키리 치아키 선생님.

작년에 이 학교에 부임한 젊은 선생님으로, 상당한 미인이다.

전교 남학생들의 동경의 대상이라고 하는데, 마키리 선생님은 상당히 엄한 분이라, 대놓고 띄우는 학생도 없고 의외로 다들 무서워한다는 모양이다.

"네, 한가해서."

하지만 나는 이 선생님을 연모한다. 물론 외모가 미인이라는 이유 때문은 아니다.

"그래, 항상 고마워. 도움이 많이 돼."

마키리 선생님은 인자한 눈빛으로 가볍게 웃으며 그렇

게 말했다.

이 사람은 내 외모가 아무리 험악해도 겁을 내지도 않고 눈엣가시 취급하지도 않는다.

좋은 쪽으로든 나쁜 쪽으로든 겉모습으로 사람을 판단하지 않는다는 것이다.

내면을 제대로 봐주는, 내가 이제까지 만나보지 못한 선생님이다.

"그럼 이케 군. 뒷일은 맡길게. 나는 활동일지를 가지러 왔을 뿐이니까."

마키리 선생님은 그렇게 말씀하시고는 학생회 일보를 들고 학생회실에서 나갔다.

"잘 됐네."

내 어깨에 손을 얹고서 이케가 놀리듯 말했다.

"시끄러."

나는 어깨에 얹어진 이케의 손을 가볍게 쳐낸 후에 웃었다.

이케는 부러우리만치 상쾌하게 웃고 나서 입을 열었다.

"좋아, 그럼 자료 옮기는 걸 도와줘, 유우지."

☆　☆　☆

"앗, 하루마잖아! 학생회 일이야?"

인쇄실로 가는 도중에 밝은 목소리가 들렸다.

"아, 신입생한테 나눠줄 자료를 옮겨야 하거든."

"헤에, 고생 많네!"

환하게 웃는 이 미소녀는 이케의 소꿉친구인 하사키 카나.

역시 이케의 소꿉친구답다고 해야 할지. 대단한 능력치를 가진 아이다.

아이돌급 외모에 누구나 반할 것 같은 웃음으로 수많은 남학생을 매료시키는 데에 그치지 않고, 운동신경까지 대단하다.

테니스 스쿨 소속인데 전국에 이름이 알려진 플레이어라고 들었다.

"카나, 이제부터 돌아가서 또 테니스야?"

"응, 맞아-. 혼자 학생회 일을 해야 하는 인망 없는 하루마를 도와주지 못해서 미안해~."

씨익 웃으면서 이케에게 농담하듯 그렇게 말하는 하사키.

역시 소꿉친구 캐릭터다.

다른 여학생들이라면 긴장해서 새빨개진 얼굴로 말도 더듬거리고 거동이 이상해질 텐데, 태도가 당당하다.

"걱정 안 해도 돼, 유우지가 도와주고 있으니까."

이케가 그렇게 말하자,

"유우지라면……. 혹시 토모키 군?"

조심스럽게 중얼거리는 하사키.

아무래도 이케와 대화하는 데에만 정신이 팔려 내 존재를 알아차리지 못했던 모양이다.

나는 어색함을 견뎌가며 이케의 등 뒤에서 모습을 드러내 하사키의 시야에 들어갈 수 있게 했다.

"히잇……. 토, 토모키 군! 미, 미미미안! 하루마가 방해하는 바람에 못 봤어!"

허둥지둥, 거동이 이상해지는 하사키.

이게 나를 대하는 평범한 여자들의 반응이다.

이유도 없이 겁먹게 만들어서 면목이 없다…. 아니, 얼굴이 무섭게 생겨서 정말로 미안하다니까?

"……신경쓰지 마."

"녜, 녜엡!"

얼굴을 새빨갛게 물들이고 더듬거리며 간신히 대답하는 하사키.

"……인쇄실, 먼저 들어가 있을게."

"아냐, 나도 갈게. 그럼 카나, 테니스 열심히 해."

하사키에게 인사하고 내 뒤를 따라오는 이케.

"아, 응. 하루마도 학생회 일 힘내. …토, 토모키 군도!"

필사적으로 공포를 참으며 하사키는 말했다.

이렇게나마 말을 걸어 주는 것만으로도 고맙다.

일단 겁이 나면, 없는 사람이라는 듯 무시하거나 기피하는 반응이 일상다반사니까.

나는 말없이 고개를 끄덕이는 걸로 대답을 대신했다.

그러자 여전히 새빨간 얼굴로 안심한 듯 한숨을 내쉬고 가슴을 쓸어내리는 하사키.

그, 그렇게 나와 대화하는 데 긴장하고 있던 건가….

외모와 어울리지 않게 멘탈이 약한 나는 그런 생각이 들어 가벼운 쇼크를 받았다.

☆　☆　☆

"고마워, 유우지. 너 없이는 힘들었을 거야."

학생회실로 서류 운반을 끝낸 나에게 이케가 인사했다.

"신경 쓰지마, 어차피 할 일도 없었으니까."

나는 짧게 대답했다.

이건 사실이었다.

들어가도 어차피 적응할 수도 없을 것 같아서, 나는 부활동을 하지 않고 방과 후에 기본적으로 공부를 하거나 신체단련, 혹은 만화나 라이트노벨을 읽으며 시간을 보낸다.

참고로 게임은 그다지 안 한다.

협력 플레이를 전제로 만들어진 게임에 걸리면 화가 나

실은 홀딱 반해 있지만 솔직하지 못하든가, 둘 중 하나니까 내 견해에 문제는 없을 것이다.

"……나는 다시 일하러 갈게. 잠깐 토우카 상대 좀 해줄래, 유우지?"

"아, 응. 열심히 해라."

학생회실로 돌아가는 이케.

그러는 동안에도 여동생은 이케에게 싸늘한 시선을 보내고 있었다.

분명, 더 함께 있고 싶었을 텐데, 이케가 금세 돌아가 버리는 바람에 화가 난 것이리라.

"그건 그렇고, 이케의 여동생을 만나게 될 거라고는 생각 못 했네, 깜짝 놀랐어."

"저도 놀랐어요. 토모키 선배, 얼굴 너무 무섭잖아요-."

처음 보았을 때는 겁에 질린 표정이었는데, 어느새 즐겁게 웃으며 말하는 여동생.

이게 흔히 말하는 '놀리기'라는 건가?

나는 난생 처음으로 경험하는 놀리기에 능숙하게 대답하지 못하고,

"그, 그치?"

라고 영문 모를 대답을 했다.

상상을 초월하는 수준으로 낮은 내 의사소통능력이 진심으로 아쉬웠다.

"그치, 라니. 뭐예요 그게, 넘 웃긴데요─."

여동생은 그렇게 말하면서 거리낌없이 웃고 있었다.

그야말로 얼렁뚱땅 거지만, 반응이 좋았으니 다 잘 되었다 치자.

"아─, 완전 대박. 진짜 재밌네요, 토모키 선배."

"그런가?"

여자한테서 재미있다는 말을 들은 건 난생 처음이었다.

아니, 어쩌면 남자한테도 들어본 적이 없을지 모른다.

"그럼요. 아, 괜찮으면 저랑 연락처 교환해 주세요─."

"응? 나야 괜찮지만……."

"아자─!"

활짝 웃으면서 기뻐하는 여동생.

나는 스마트폰의 이케 전용 토크 앱을 띄워, 서툰 손놀림으로 연락처를 교환하는 데에 성공했다.

이것으로 내 토크 앱은 이케 남매 전용이 되었다.

그렇게 생각한 순간에 곧바로 여동생에게서 메시지가 날아왔다.

[잘 부탁해.]

이라는 말풍선이 포함된 신경에 거슬리는 캐릭터의 스탬프가 화면에 떠 있었다.

여자한테서 이런 가벼운 연락을 받아본 적이 없기에, 뺨이 살짝 누그러졌다.

"······그래, 잘 부탁해."

내가 토크 앱을 통하지 않고 직접 대답하자 여동생도 입을 열었다.

"네, 그럼 앞으로 잘 부탁드릴게요?선~배?"

완전무결한 주인공 이케 하루마의 여동생 이케 토우카는, 그렇게 말하면서 두 손으로 스마트폰을 꼭 쥐고 친구 캐릭터인 나에게 청순가련한 웃음을 보였다.

4
고백

내가 여동생 캐릭터, 이케 토우카와 만난 다음 날.

그 날도 평소와 다름없는 일상이 계속되었다.

이케가 뒤에서 움직여준 덕분에, 이제까지의 학교생활 중에선 지금 이 반이 가장 마음이 덜 불편한 편이라고 해도, 아직은 모두가 나를 겁내는 걸 알 수 있었다.

나에게 먼저 말을 걸어오는 사람은 이케 한명뿐.

그렇다, 이게 내 평소와 다름없는 일상이다.

그때 갑자기 주머니 안에 넣어둔 스마트폰이 진동해, 이케 토우카로부터 연락이 왔음을 알렸다.

스마트폰 화면으로 그녀가 보낸 메시지를 확인한 순간──.

[오늘 점심시간, 체육관 뒤에서 둘이서 만날래요? 상담하고 싶은 게 있어서요.]

내 평소와 다름없는 일상이 사라졌다.

미소녀가 만나자는 연락을 하다니, 나와는 인연이 없는 일이었는데.

……하지만 차분하게 생각하면 그녀가 나에게 상담할 일은 어차피 이케 관련이라는 걸 금세 알 수 있다.

모 여동생이 그렇게나 귀여웠던 라노벨식으로 말하자면 '인생 상담'이라는 게 되려나.

[알았어. 만나자. 대신에 체육관 뒤편은 안 돼. 내가 하급생을 괴롭힌다는 오해를 사게 되니까.]

[뭐예요 그게(웃음). 역시 선배는 재밌네요~. 그럼 옥상에서 기다릴게요.]

[옥상은 아마 잠겨 있을텐데.]

이 학교 옥상은 만화나 애니메이션에 나오는 것과 다르게 일반 학생에게 개방하지 않는다.

그녀는 신입생이니까 잘 몰라서 하는 소리라고 생각했는데….

[괜찮아요-.]

라는 답장이 날아왔다.

괜찮다는 게 대체 무슨 뜻이지?

열쇠라도 빌려서 오려는 걸까……, 모르겠다.

하지만 만약 옥상에 들어갈 수 있다면 체육관 뒤편보다는 눈에 덜 띄겠지.

[알았어.]

나는 짧게 대답했다.

☆　☆　☆

　그리고 점심시간.

　나는 기본적으로 혼자 밥을 먹는다.

　가끔 이케와 학생회실에서 먹기도 하지만, 오늘은 딱히 그러자는 말도 없었기에 누구에게도 수상하게 여겨지거나 불러 세워지는 일 없이 옥상으로 향했다.

　계단을 올라 옥상 문의 문고리를 잡았다.

　기대하지 않았지만, 문이 쉽게 열리고 옥상에 나갈 수가 있었기에 조금 놀랐다.

　"아, 안녕하세요, 선배!"

　나보다 조금 일찍 도착한 여동생이 말을 걸었다.

　"어어. ……옥상 문 잠겨 있지 않았어? 선생님한테 빌린 거야?"

　"아뇨, 어제 교내를 돌아다니다가 알았는데, 옥상 문은 고장 나 있더라고요."

　"……그랬나, 몰랐네."

　2, 3학년은 당연히 옥상은 못 들어가는 곳이라고 생각하니 알아차리지 못한 것도 무리는 아닐 것이다.

　하지만 교사나 교직원들이 설비 점검 등을 제대로 해주면 좋겠다는 생각은 들었다.

　"옥상은 바람이 상쾌하네요ー."

그런 생각을 하는 나에게 그녀는 바람에 흩날리는 머리카락을 손으로 붙잡고서 말했다.

"그러게. 날씨도 맑아서 확실히 기분이 좋은걸."

내가 대답하자 그녀는 '그죠—'라고 대답했다.

……새삼 대단하다는 생각이 든다. 나 지금 평범하게 여자아이랑 대화하고 있잖아……!

그리고 교사마저 위축되는 내 험악한 얼굴을 보고도 아무렇지 않은 이 녀석도 참 대단하다!

"그럼 곧바로 묻고 싶은데, 상담할 일이라는 게 뭐야?"

내가 묻자 그녀는 수줍은 듯이 웃으면서,

"사실, 상담할 게 있다는 건 거짓말이었답니다—."

라고 말했다.

"거짓말? ……볼일도 없는데 일부러 인적이 없는 곳으로 부른 거야?"

"볼일이 없으면 부르면 안 되나요?"

그녀는 나를 가만히 올려다보며 고개를 갸웃거렸다.

조금 노렸다는 느낌도 들었지만, 몸동작이 너무나 귀여웠다.

"아니, 그런 건 아니지만. 나랑 있어도 딱히 즐거울 게 없잖아?"

"무슨 소리예요—, 즐겁다고요. 선배, 재밌기도 하고 말이죠."

나를 향해 그녀는 장난스럽게 웃었다.

누군가가 나를 보며 웃어준 경험이 얼마 없었기에 어째서인지 동요했다.

어색한 표정으로 아무 말 하지 않는 나에게 그녀는 말을 이었다.

"그래도 뭐-, 볼일이 꼭 없는 것도, 아니거든요?"

"……그래? 그럼 진짜 볼일이라는 건 대체 뭐야?"

"아니-, 갑자기 그 말을 들으니까 창피하다고 할까, 부끄럽다고 할까-."

그렇게 말하면서 눈을 내리깔고 뺨을 붉게 물들이며 머리를 긁적이고 있다.

창피해? 부끄러워?

대체 왜 이러는지 신경이 쓰인다….

말없이 바라보기만 하는 내가 신경 쓰였는지.

그녀는 결심한 듯이 똑바로 나를 바라보았다.

그리고 심호흡을 세 번 반복한 후에 천천히 입을 열었다.

☆　☆　☆

"선배……. 저랑, 사귀어 주지 않을래요?"

"뭐?"

"다시 한번 말하게 하고 싶은 건가요? 참 짓궂은 선배네요. ……저랑 사귀어 주지 않을래요?"

☆　☆　☆

토우카는 입을 꾹 다물고서 촉촉한 눈으로 나를 바라보
았다.

──곧바로 대답할 수는 없었다.

갑작스러운 고백에 들떠서도, 긴장해서 제대로 말이 나
오지 않아서도 아니다.

……이 고백은 뭔가 이상하다고 직감했기 때문이다.

만난 지 얼마 되지도 않은 미소녀가 나에게 호감을 고백
한다.

단순한 친구 캐릭터에 불과한 나에게 이런 이벤트는 살
면서 단 한 번도 일어난 적이 없다.

이런 갑작스러운 고백도 이야기의 주인공……. 그래,
예를 들어 이케라면 딱히 이상할 것도 없다.

오히려 자연스러운 일이라고 단언할 수 있다.

그렇다면 나는 어떻지?

갑자기 미소녀에게 고백을 받았는데, 그게 자연스러운
일이라고 말할 수 있나?

……질문에 대한 답은 정해져 있다.

친구 캐릭터인 내가 인기 있을 리 없잖아?

5
가짜

"안…되나요?"

촉촉한 눈빛으로 애절하게 나를 바라보며, 그녀는 가녀린 목소리로 물었다.

보호본능을 자극하는 표정과 목소리. 떨리는 작은 어깨를 보니 정신이 혼미해질 지경이다.

하지만 즉흥적인 생각으로 대답해서는 안 된다.

왜냐하면 친구 캐릭터인 내가 인기 있을 리 없으니까.

그렇다면 어떤 이유로 나에게 고백했는가? ……짚이는 구석이 하나 있었다.

"어째서 나야?"

"얼굴은 험상궂지만 조용한 성격에, 유머센스도 있고. 게다가 오빠가 언제나 '유우지는 좋은 녀석이야, 의지할 수 있어'라고 말했거든요. ……왠지, 좋을 것 같다고 생각했어요."

내 질문에 그녀는 부끄럽다는 듯이 대답했다.

……이거다.

어디까지 진심인지는 모르겠지만 이케 하루마가 신뢰하는 나이기 때문에 고백했을 것이다.

알겠다. 그럼 그녀의 목적은 틀림없이…….

'가짜 남자친구를 만들어서, 엄―청 좋아하는 오빠를 질투나게 만들거니깐!'

이건 모 유명 라노벨의 여동생 캐릭터도 실천한 유서 깊은 수법이다.

역시 이 녀석은 너무나 알기 쉬운 여동생 캐릭터다.

솔직해질 수는 없지만, 마음만은 깨달아 줬으면, 나를 봐줬으면.

우리의 주인공 이케 하루마. 역시 여동생 캐릭터는 일찌감치 공략을 끝내뒀군…….

뭐, 완벽 주인공 이케의 유일한 결점이 바로 그 둔감한 성격인 만큼, 그녀의 호감을 알아차리지 못했을 것이다.

하사키가 그렇게 어필해도 아무것도 깨닫지 못하는 녀석이니까.

"……그럼 이번에는 진짜 속마음을 물어봐도 괜찮을까?"

내 말에 그녀의 웃는 얼굴이 한순간 경직되었다.

그건 아마 겉으로 하는 말과 다른 속마음이 있다고, 정곡을 찔렸기 때문이겠지.

그리고 금세 그것을 감추듯 다시 완벽한 미소를 보여주었다.

"……너무하지 않아요, 선배-? 사랑에 빠진 소녀의 고백에 대한 대답이 그거라니, 저 지금 많이 상처받았거든요-?"

힘없는 웃음을 보이면서, 그녀는 그렇게 말했다.

"그런 소리는 됐어. ……다 아니까."

네가 오빠에게 연심을 가지고 있다는 것 정도는 훤히 보여, 라는 말까지는 하지 않았지만.

내 말을 들은 그녀는 얼굴에서 웃음기를 지우더니 차가운 무표정으로 변했다.

"……흐-응, 그런가요. 아쉽네요, 모처럼 좋은 기분으로 협력하게 만들고 싶었는데, 의외로 감이 날카롭네요."

주인공의 친구 캐릭터를 너무 얕보지 말라고.

주위 인간관계를 보고 그 인간의 심리를 읽는 정도는 식은 죽 먹기니까.

"귀찮거든요, 누군가랑 사귀거나 고백 받거나 하는 거."

한숨을 푹 내쉬면서 지긋지긋하다는 듯이 중얼거리는 그녀.

"저, 고등학교 입학한 지 사흘만에, 벌써 여덟 명한테 고백 받았어요. 그것도 전부 제 내면 따위는 안중에도 없는 녀석들만. 어떻게 생각하세요?"

"인기가 엄청나다는 생각밖에. ……아, 혹시 그거 자랑이었어?"

그렇게 잔뜩 고백을 받는다니 부럽다.

나로 말하자면 사흘이 아니라 지난 1년을 통틀어 호의적으로 말을 걸어준 사람은 이케, 그리고 좀 더 크게 봐서 마키리 선생님, 이렇게 딱 두 명뿐이다.

격차가 엄청나다.

하지만 그녀는 '하아~'라고 노골적으로 커다란 한숨을 내쉬더니 넌더리가 난다는 듯이 털어놓았다.

"성격도 모르면서 외모만 보고 접근하는 녀석들한테 고백 받아도, 전혀 기쁘지도 않다고요. 그보다, 민폐…….짜증난다고요!"

……방금 전까지 활기차고 밝고 귀여운 캐릭터에서 돌변.

내뱉듯 거친 말투였다.

어째서인지 나는 그녀의 분노를 이해할 수 있을 것 같았다.

"그래서, 선배한테 고백해서, '가짜 연인'으로 이용하려고 했던 거예요. 인상도 평판도 나쁜 선배의 여친이라고 해두면, 이 학교 남자들 누구도 집적거리지 않을 테니까요."

이젠 당당히 기학적인 웃음을 띠면서 그녀는 말을 이었다.

"게다가 그 망할 오빠가 '좋은 녀석'이라고 말했으니, 딱히 험한 일은 당하지 않을 거라고 생각했거든요−. 실제로 대화해 보니 무서운 건 얼굴뿐이고."

그녀의 말을 듣고 생각했다.

과연, 이게 속마음이라며 미리 준비해둔 구실인가.

하지만 내 예상으로는 이것도 진심을 감추기 위한 핑계일 뿐이다.

"그럼, 이렇게까지 자백했으니까 얌전히 제 '가짜 연인'이 되어 주지 않을래요? 그보다, 안 해주면 선배한테 지독한 짓을 당했다는 소문을 퍼트려버릴 거에요?"

"협박하는 거냐?"

"그런 식으로 받아들여도, 상관없어요. 나쁜 소문밖에 없는 선배의 말엔 누구도 귀 기울여주지 않을 테고, 어쩌면 그 소문으로 퇴학을 당할지도 모르는데, 그런 건 싫죠?"

나를 일부러 귀여운 표정을 지어 나를 올려다보며, 간지러운 목소리로 나를 몰아세우려 했다.

그녀는 분명 내가 시키는 대로 따를 것이라고 확신하는 듯했다.

……하지만.

"생각보다 바보구나, 너."

나는 어이없는 기분을 숨기지 않고 대답했다.

"……네?"

"내 평판은 더 나빠질 수 없을 정도로 최악이야. 결정적인 증거도 없는 소문이 한두 개쯤 늘어난다고 해서 퇴학당할 일은 없어. 그러니 그 협박은 아무 의미도 없다."

"……아."

그녀는 이제서야 겨우 초조한 표정을 지었다.

정말로 깨닫지 못한 듯했다. 의외로 얼빠진 면이 있구나.

"그리고. 누구도 들어주지 않는다고? 그것도 틀려. 적어도 이케만은 나를 믿어줄 거다."

그렇다. 어떤 일에든 공정한 그 녀석이니까 아무리 여동생의 말이라도 그런 악의적인 소문에 절대로 휩쓸릴 리 없다.

이케가 나를 믿어준다면, 다른 모두에게 어떤 식으로 생각되더라도 상관없다.

내 말에 발끈해서 반론하지 않으려나 생각했지만, 눈앞의 그녀는 분한 표정으로 이를 꽉 깨물고 고개를 숙여 발끝만 쳐다보고 있었다.

그런 쓸쓸한 그녀의 모습을 보고 나는 말했다.

"그렇기는 하지만. 나는 네 연인이 되어 줘도, 괜찮아."

내가 뭘 할 수 있을지는 모르겠다. 타인과 제대로 의사소통을 할 기회조차 잡기 힘든 나니까.

그래도 나는 이 빌어먹을 인생을 제대로 된 것으로 만들어준 이케에게 은혜를 갚고 싶다.

여동생이 자신을 기피하는, 지금 같은 상황을 이케가 괜찮다고 생각할 리 없다.

그렇다면 어떻게든 내가 둘 사이의 관계를 회복시켜주

고 싶다는 생각이 들었다.

　그게 과연 이 녀석의 진짜 바람에 가까워지는 건지는…… 또 별개의 문제지만.

　내 말을 들은 그녀는 믿을 수 없다는 표정으로 눈을 휘둥그레 떴다.

　"네? ……괜찮아요?"

　"그래."

　나는 그녀의 눈을 마주 보며, 깊이 고개를 끄덕인 후에 대답했다.

　"……혹시, 역으로 협박해서 저한테 이상한 짓이라도 할 생각이에요? 아까도 말했지만, 선배 말에는 조금도 영향력이 없으니까, 그런 기대 해도 의미 없다구요?"

　"기대 같은 건 안 하니까 안심해. 나는 단지 '가짜 연인'이니까."

　"……어째서예요? 어째서, 제 속마음을 듣고도 그런 말을 할 수 있는 거예요?"

　불안한 표정으로 나에게 묻는다.

　뭐, 그런 의문을 품는 것도 당연하려나.

　'이케와 너의 관계를 회복시켜주고 싶다'

　라고 말해도 분명 싫어할 것이다.

　그래서 나는… 조금 부끄럽지만, 또 하나의 이유를 말하기로 했다.

"후배한테 부탁을 받은 적은, 이번이 처음이니까."

내 대답에 놀라서 멍한 표정이 돌아왔다.

"……네?"

이케가 어쩌고 여동생이 어쩌고, 그런 것과는 아무 상관 없이.

단순히 나를 의지해 준 게 개인적으로 기뻤을 뿐이라니, 역시 부끄럽다.

이런 바보 같은 이유는 말하지 않는 편이 좋았을지도 모른다.

"……바보 아니에요, 선배?"

수상하다는 눈빛으로 나를 바라보며 그녀는 말했다.

"마음이 맞는걸. 나도 지금, 내 자신이 바보일지도 모른다고 생각한 참이다."

내가 대답하자….

"……후훗, 뭐예요 그게. 아핫, 이상하잖아요! 역시 선배는 재미있는 사람이네요-!"

이번에야말로 구김살 없는 웃음을 지었다.

나는 그녀의 웃음을 똑바로 바라보며, 의연한 표정으로 고백하기로 했다.

"그럼 이제부터 너랑 나는 '가짜' 연인 사이다. ……잘 부탁해."

"저야말로 잘 부탁해요, 선배! ……대신에, 너라는 호칭은 쓰지 말아 줄래요?"

내 말에 그녀는 뾰로통한 표정을 지었다.

"……그럼, 이케 양?"

"싫어요. 전혀 커플 같아 보이지도 않고, 선배한테 오빠랑 똑같은 호칭으로 불리는 건 절대로 싫거든요."

가슴 앞에서 두 팔을 교차해 엑스 표시를 만드는 그녀.

그럼 뭐라고 불러야 하나 하고 고민하는 나에게….

"토우카."

"어?"

그녀는 그렇게 제안했지만, 정작 스스로도 조금 부끄러운지 뺨이 빨개졌다.

"가짜라고는 해도, 연인이잖아요? 이름으로 부르는 게 자연스럽다고 생각해요. 그러니까, 이제부터는 저를……."

그녀는 거기서 일단 말을 끊고,

잠깐 망설이는 모습을 보인 후에, 장난스럽게 웃으면서 말했다.

"토우카라고, 불러 주세요. …알았죠?"

"…알았어, 토우카."

내가 그렇게 이름으로 부르자, 그녀는 그제야 마음이 놓인다는 표정을 지었다.

──이렇게 나와 토우카는 '가짜' 연인 사이가 되었다.

6
점심시간

이케 토우카와 '가짜' 연인 사이가 된 다음 날.

오전은 특별한 일 없이 평소처럼 지나가고 순식간에 점심시간이 되었다.

평소와 마찬가지로 혼자 편하게 밥을 먹기 위해, 나는 즐겁게 떠드는 반 아이들을 모른 척하고 자리에서 일어섰다.

"유우지, 학생회실에서 점심 같이 먹을래?"

갑자기 이케가 말을 걸었다. 거절할 이유는 없다…기보다는 순수하게 기쁜 제안이었다.

"오, 물론이지."

내가 곧바로 대답하자 이케는 상쾌한 웃음을 지으면서 물었다.

"나는 매점에 빵 사러 갈 건데, 유우지는?"

"나도 매점."

"그렇구나. 그럼 같이 갈까."

그렇게 말하고서 둘이서 교실 밖으로 나가려던 차에,

"아, 이케 군-! 여동생 와 있어-!"

교실 앞쪽 출입구 근처에 있던 여학생이 이케에게 말을 걸었다.

거기에는 확실히 이케의 여동생, 토우카가 있었다.

"으, 토우카…. 미안해, 유우지. 잠깐만 기다려 줘."

"그래, 신경 쓰지 마."

이케는 재빨리 토우카에게 다가갔다.

교실에서 책상을 붙이고 각자의 도시락을 펼쳐둔 모두의 시선이 이 남매에게 집중되었다.

모르는 사람이 없는 완벽 주인공, 이케 하루마.

그리고 오빠에게 지지 않을 정도의 존재감을 자랑하는, 화려한 외모의 이케 토우카.

이 두 사람이 함께 있으면 눈에 띄는 건 어쩔 수 없다.

나도 그만 그쪽으로 시선이 가게 된다.

"무슨 일이야, 토우카. 볼일이라도 있어?"

"아니, 내가 보러 온 사람은……. 아, 유우지 선배! 같이 점심 먹을래요-?"

……느닷없이 내 이름이 나왔다.

토우카는 조금 짓궂게 웃으면서 나를 향해 크게 손을 흔들었다.

주위에 있는 반 아이들이 일제히 고개를 돌려 나를 보았다.

나는 수많은 시선을 받으며, 떨떠름한 표정을 지어 버렸다.

그러자 고개를 돌렸던 모두가 일제히 나에게서 시선을 피했다.

……뭐야, 이것들. 다들 짜기라도 했냐?

그런 생각이 들었지만, 아무튼 이름을 불렀으니 어쩔 수 없다.

나는 두 사람이 있는 쪽으로 다가갔다.

천하의 이케조차 자신의 여동생과 내가 갑자기 친해진 걸 보고 놀라는 듯했다.

"오전 수업 피곤했죠, 유우지 선배! 같이 점심 먹어요!"

놀라는 이케에게 아무런 설명도 하지 않고 토우카는 나에게 다시 말했다.

"아—, 미안. 오늘은 이케랑 같이 먹을 거라서."

내가 그렇게 대답하자 토우카는 노골적으로 언짢은 표정을 지었다.

"선배는 여친인 저보다도, 단순한 친구인 오빠를 우선하는 거예요?"

그 말에 반응한 반 아이들이 일제히 나를 보았다.

그리고 나는 그 시선에 놀라 저도 모르게 떨떠름한 표정을 짓고 말았다.

그러자 내 표정을 본 녀석들이 일제히 나에게서 눈을 돌렸다.

개그 용어로는 '패턴 개그'라고 하는 것이다.

어쩌면 이 녀석들, 나를 웃기려고 이러는 걸지도 모른다.

"어……, 사귀고 있어, 너희들?"

역시 여기에는 경악을 감추지 못하는 표정으로 이케가 우리에게 물었다.

동요하는 이케를 보고 만족스러운 듯이 웃는 토우카.

"맞아, 나랑 유우지 선배는 사귀는 사이야. 그러니까, 방해하지 말아 줄래?"

토우카는 의기양양하게 이케에게 선언했다.

과연, 벌써부터 '너무나 좋아하는 오빠한테 남친이 생겼다는 사실을 어필하며 질투를 부채질하고 있지만, 정말로 좋아하는 건 오빠니까, 착각하지 말아 줄래!' 작전을 실행한 것이다.

솔직히 나는 매점에서 빵을 사서 이케와 학생회실에서 잡담이나 나누며 점심을 먹을 생각이라, 토우카한테 휘둘릴 마음은 없기에 이대로 거절할까 생각했지만…….

동요하는 이케를 보고 생각을 바꾸었다.

어쩌면 쇼크 요법과 비슷한 원리로 이케가 토우카의 마음을 깨닫게 될지도 모른다.

그게 화해의 계기가 될지도 모른다…, 라고 생각한 것이다.

"…미안하다, 이케. 다음에 설명해줄 테니까 오늘은 따로 먹어도 괜찮을까?"

그렇게 묻자 이케는 퍼뜩 놀란 표정을 지은 후에,

"아, 그래. 미안해, 동생의 제멋대로인 행동에 어울리게 해서."

"신경 쓰지 마."

"그럼그럼. 유우지 선배랑 나는 사귀는 사이니까, 쓸데 없는 참견이니까!"

토우카는 기세가 올랐는지 이케를 향해 신나서 그렇게 말했다.

"그럼 나중에 보자."

"바이바~이."

나와 토우카가 그렇게 말하자,

"아, 으응."

이케는 혼란스러운 표정으로 대답했다.

그리고 나는 토우카와 나란히 걸었다.

쏟아지는 수많은 학생들의 시선 속에서, 하사키의 원망이 담긴 시선이 느껴지는 기분이 들었다.

"빵 사고 싶은데, 매점 갈래요?"

"그래."

토우카의 말에 간단히 대답하고 우리는 복도를 걷기 시작했다.

교실에서 멀어져 잠시 걸었을 때,

"……그보다, 엄청 째려보는 듯한 기분이 드는데요-."

그녀가 불만스러운 듯이 중얼거렸다.

"하사키 말하는 거야?"

"아, 선배도 눈치챘나요? 뭔가 마음에 안 드는 일이라도 있었던 걸까요-."

"우리가 사귄다는 말을 듣고 걱정하는 거겠지? 하사키가 이케랑 소꿉친구라면 남매 양쪽 다 어린 시절부터 아는 사이였을 테니까."

내 말에 토우카는 차가운 표정을 지으며 말했다.

"아는 사이라고는 하지만, 중학교에 올라간 후로는 거의 대화해 본 적도 없지만요."

"……그래?"

"네. 그러니까 이제 와서 걱정이라고 해도, 의미를 모르겠네요-."

정말, 뭐였던 걸까-, 라고 손끝을 입술에 대고서 고개를 갸웃거리는 토우카.

'토우카는 의미를 모르겠다고 하지만, 하사키는 역시 어릴 적부터 알고 지낸 친동생이나 다름없는 토우카가 걱정되는게 아닐까?'

라고 생각하고 있자니,

"그건 그렇고, 엄청 웃겼죠-! 정말, 자칫하면 빵 터질

뻔했다니까요-!"

토우카는 활짝 웃으면서 그런 소리를 했다. 아무래도 하사키는 이미 머릿속에서 치워버린 듯했다.

"뭐가 재미있었다는 거야?"

"빌어먹을 오빠의 그 얼빠진 얼굴!"

히죽, 하고 즐겁다는 듯이 웃는 토우카.

"그런가, 나는 조금 지쳤는데."

"엄청 주목 받았으니까요. 선배네 반 사람들의 반응, 다시 생각해도 완전 웃겨 죽겠는걸요~."

그 패턴 개그를 말하는 것이리라.

내가 토우카였다면 분명 웃음보가 터졌을 거다.

"그보다, 선배? 저한테 들러붙는 남자들을 쫓기 위해서라도 연인 어필을 해야 하니까, 멋대로 점심시간에 다른 약속 잡지 말아 줄래요?"

멋대로 남의 점심시간을 마음대로 결정해 버린 스스로의 행동은 조금도 신경 쓰지 않고 토우카가 말했다.

나는 조금 짓궂은 소리를 해볼까 싶어서 중얼거렸다.

"과연⋯."

"응? 뭐가요? 제대로 이해한 거 맞아요?"

"이해했어. 토우카는 연인을 구속하는 타입이구나."

내 말에 토우카는 불만스럽다는 듯이 눈을 치켜떴다.

"모르잖아-! 그런 거 아니니까요, 착각하지 말아 주세요!"

화내며 뽀로통해진 토우카에게 나는 비꼬듯이 웃었다.

"…농담이야."

"감히 저를 놀리다니, 건방진 선배네요……."

투덜거리다가도 금세 기분이 나아진 토우카.

"내일부터는 매일 같이 점심 먹을 거니까, 기억해 두세요. 알겠죠?"

"나야 상관없지만 토우카는 그래도 괜찮겠어? 입학한 직후인데 같은 반 아이들이랑 같이 안 먹어도."

"괜찮아요. 한동안은 사귄다는 어필을 하지 않으면 안 되고, 반 아이들과 있는 것보다도, 원래의 제 모습을 드러내도 되는 유우지 선배랑 함께 있는 게 더 편하니까요."

그 말에 나는 반응할 수 없었다.

"…? 왜 그러세요? 갑자기 말이 없어져서는?"

흘끔, 하고 이쪽을 엿보는 토우카.

"아니, 아무것도 아냐. …함께 점심이라, 알았어."

"? …알았다면야 저야 상관없지만요."

아직 의문스럽게 생각하는 건지, 이상한 표정을 지으면서 토우카는 말했다.

하지만 이때의 내 기분을 설명해 봐야, 분명 토우카는 이해할 수 없었을 것이다.

다른 사람보다 나와 함께 있는 게 마음 편하다는 말을

태어나서 처음 들어서 기뻤다…라는 말은.

역시 너무 부끄러워 입에 담을 수 없었다.

☆　☆　☆

"으엑, 사람 엄청 많네요……."

매점에 도착하자, 점심을 사려고 모인 사람들을 보고 기겁한 토우카가 신음하듯 말했다.

"아앙~. 저런 인파 속에 가녀린 여자아이인 제가 들어갔다간, 빵을 살 때쯤에는 점심시간이 끝나 버릴 거예요~."

갑자기 토우카가 인파를 손가락으로 가리키며 잔뜩 꾸민 목소리로 말했다.

"그래서, 하고 싶은 말은?"

"나는~, 믹스샌드가 먹고 싶은데~."

꺄핫☆하고 신경에 거슬리는 웃음을 지으면서 말했다. 사오라는 걸까…, 그렇겠지.

"…믹스샌드만 있으면 돼?"

"어, 진짜로 가주는 거예요? 농담이었다구요? 선배를 빵셔틀로 부렸다간 아무리 저라도 죄책감에 시달리게 될 거예요~."

이 녀석, 입으로는 그렇게 말하지만, 손으로는 나에게

동전을 건네고 있는 걸 보아하니 이 여자, 죄책감따위 전혀 느끼지 않는다.

"나야 익숙하니까 혼자서 다녀오는 게 편해. ……잠깐 기다리고 있어."

"잠깐이라뇨?"

내 말이 이상한지 고개를 갸웃거리는 토우카를 내버려두고, 나는 인파 속으로 걸어갔다.

그리고 그 인간장벽이 나를 가로막았지만….

"헉?!?!?!?!?! 토, 토토토토, 토모키 군?!?! 어, 어이 너희들, 길을 비켜라!"

맨 끝에 있던 남학생이 나를 보자마자 앞에 있던 녀석들에게 말을 걸었다.

"엣? 토모키 군?!?!"

"진짜냐… 야, 비켜, 죽을지도 몰라!"

"히, 히이익! 누가 구해줘!"

다들 제멋대로 그런 소리를 지껄이더니 내 앞에 길이 생겨났다. ……이런 게 싫어서 평소에는 최대한 늦게 매점에 오는데 말이지.

새치기하는 것 같아서 양심에 찔린다. 다음부터는 제대로 편의점에서 빵을 사야겠다고 결심하면서 그 길을 나아갔다.

미안한 마음이 없지는 않지만, 어차피 여기서 내가 무슨 말을 해도 들어주지 않을 거다.

경험상 빨리 볼일만 보고 사라지는 게 최고다.

"뭐 줄까?"

무뚝뚝한 매점 아주머니가 물었다.

"야키소바빵이랑 고로케빵이랑 단팥빵이랑 믹스샌드요."

"650엔."

무뚝뚝한 아주머니에게 나는 동전으로 정확히 650엔을 건넸다.

빵이 든 봉투를 받고, '매번 고맙다'라는 인사를 들었다.

그 후에 왔던 길로 돌아와 토우카와 합류했다.

"모세? 였나요? 그 사람이 바다를 갈라 길을 만들었다는 에피소드가 떠올랐어요."

편리하네요ㅡ, 라고 속편한 소리를 하는 토우카.

"아, 빵 사다 줘서 고맙습니다. 덕분에 편하게 샀네요ㅡ!"

그러더니 나에게서 비닐봉지를 받고 인사를 했다.

약삭빠른 녀석이라고 생각하면서도, 순순히 고맙다고 말해주기에 나는 당황했다.

☆　☆　☆

매점에서 빵을 입수한 후에 자판기에서 팩음료를 사자,

"오늘은 날씨도 좋은데, 중앙정원에서 먹을까요."

라고 토우카가 제안했다.

나는 그 말에 고개를 끄덕이면서 둘이서 나란히 중앙정원까지 이동했다.

점심시간의 중앙정원에선 커플로 보이는 남녀 몇 쌍이 친밀하게 식사를 하고 있었다.

"어, 잠깐, 토모키가 여기에 왜 있는 거야?"

"야, 위험하다니까, 일단 다른 데로 옮기자."

……하지만, 내 얼굴을 보고 다들 도망쳐 버렸다.

"와아−, 중앙정원 독점! 역시 선배네요, 한번 노려본 것만으로 아무렇지 않게 싹 쫓아내다니!"

기뻐하며 외치는 토우카.

"노려본 적 없어. 원래 이런 얼굴일 뿐이다."

"그러게 말이에요!"

실실 웃으면서 놀리듯 말하는 토우카.

이렇게까지 대놓고 말하면 화도 안 난다는 게 놀랍다.

"그럼, 벤치도 비었겠다 일단 앉을까요."

그렇게 말하고 토우카는 중앙정원의 가장 가까운 벤치에 자리를 잡았다.

나도 그녀 옆에 앉았다.

"이건 내~ 믹스샌드! ……어?! 선배, 빵을 세 개나 먹나요!!?"

비닐봉지에서 믹스샌드를 꺼낸 토우카가 아직 안에 빵이 세 개나 남은 걸 보고 놀라서 말했다.

"응. 그보다 토우카야말로 그걸로 충분해?"

"충분해요! 체육수업이 있는 날에는 조금 더 땡길지도 모르지만요."

그렇게 말하면서 샌드위치를 한 입 베어무는 토우카.

"흐음−. 그런 건가."

나는 그렇게 대답하고 야키소바빵을 먹기 시작했다.

"……앗! 혹시 지금 그거였나요? 저한테 도시락을 만들어 줬으면 하는 이야기였나요??"

토우카는 뜬금없이 난처한 표정을 지으며 나에게 물었다.

"그런 생각은 아니었는데, 어쩌다 생각이 거기까지 간 거야?"

"'믹스샌드만으로 부족하다면 도시락을 만들면 좋을 텐데. 아, 만드는 김에 내 몫도 만들어줘!'라고 말하고 싶었던 거죠?"

엄청난 비약으로 이뤄진 토우카의 추측에 나는 할 말을 잃었다.

"에이∼, 역시 그건 좀 욕심이 지나치다구요, 선배? 저 같은 미소녀랑 함께 점심을 먹을 수 있다는 행복만으로 충분하지 않나요~?"

새침한 얼굴로 토우카는 말했다.

이 녀석의 이런 자신감은 대체 어디서 나오는 걸까.

"아─, 아쉽네."

좀 성가셨기에 나는 부정도 긍정도 하지 않고 그렇다는 걸로 해 두었다.

그러자 대놓고 기분이 좋아지는 게 보이는 토우카. 남이 띄워주면 우쭐해지는 타입일지도 모르겠다.

그 후에도 잡담을 하면서 점심을 먹고 있었는데.

"그건 그렇고……, 슬슬 짜증나네요."

갑자기 질려 버렸다는 듯이 토우카가 중얼거렸다.

"뭐, 확실히 성가시기는 해."

나도 토우카의 말에 동의한다.

무슨 소리냐면, 교실동 창문에서 중앙정원을 내려다보는 학생들의 시선이 신경 쓰인다는 것이다.

대놓고 보는 건 아니다.

하지만 몇 번이나, 그리고 몇 명한테나 흘끔거리는 시선을 받게 되면 그 스트레스는 보통이 아니다.

"아─, 짜증 나. 한가한 걸까요, 저 녀석들."

토우카는 넌더리가 난다는 듯이 그렇게 내뱉었다.

"내가 귀여운 후배 여자랑 함께 있는 게 신기한 거겠지."

내 말을 듣고 토우카는 어안이 벙벙한 표정을 지었다.

"……응? 왜 그래?"

"아뇨, 선배가 지금 자연스럽게 저를 꼬시려 해서, 방심하면 안 되겠다―, 라고 생각했을 뿐이라구요?"

"꼬시려고 한 적 없어. 그냥, 외모는 누가 봐도 귀엽다고 인정했을 뿐이야."

"거 봐, 역시 꼬시고 있어―!"

아잉~, 선배 너무 대담해~!, 라고 기쁜 표정으로 웃는 토우카.

그 웃음을 보고, 남의 이야기는 듣지도 않고 말버릇은 고약하고, 태도는 건방지고 속은 시커멓지만, 그래도 역시 외모는 흠잡을 구석이 없다는 사실을 재확인하게 되어 분한 기분이 들었다.

"그나저나, 호기심뿐 아니라 노골적인 적의도 느껴지는데 말이지."

계속 이상하다는 듯이 웃는 토우카를 무시하고, 나는 나에게 향하는 시선에 불편함을 느끼고 중얼거렸다.

"적의인가요? 헤에―, 저는 잘 모르겠지만요."

어리둥절한 표정으로 토우카는 의외라는 듯이 말했다.

"토우카한테 반한 녀석이 나한테 적의를 불태우고 있을지도 모르지."

"선배한테 싸움 걸 배짱이 있는 남자라면, 조금은 흥미가 생길지도 모르겠네요."

"그런가, 그런 유망주가 있다면 곧바로 알려줄게."

진지한 표정으로 토우카가 말하자 나는 어깨를 으쓱했다.

"없을거라 생각해요─. 선배는 벌써 1학년 사이에서도 상당히 무서운 사람이라고 소문이 쫙 퍼져 있거든요."

종이팩에 든 주스를 마시면서 토우카는 별거 아니라는 듯이 말했지만….

정말이냐, 아직 입학한 지 일주일도 안 된 하급생들마저 두려워하고 있는 거냐, 나…….

"……우울해졌어요?"

"조금."

"……정말로 조금인가요?"

"정말로 조금이야."

후배들이 나를 무서워한다는 걸 알고 조금은 침울해졌지만, 어차피 늘 있는 일이다.

그보다 토우카처럼 나를 무서워하지 않고 말을 걸어주는 후배가 생겼다는 사실이, 나에게는 훨씬 중요했다.

내 대답에 납득을 해줬는지는 모르겠지만, 그녀는 놀리는 느낌이 없이 그저 '흐─응'이라는 반응으로만 답했다.

그 후에도 무난한 잡담을 이어가다 보니 순식간에 점심시간 종료를 알리는 예비종이 울렸다.

"아, 벌써 시간 다 됐네요. 그럼, 방과 후에 봐요-!"

"방과 후에 보자니? ……뭘 하려고?"

그 말에 나는 진지하게 되묻고 말았다.

"그야 함께 하교해야죠! 저랑 선배가 연인 사이라는 걸 주위에 어필해야 하니까요!"

"아, 어어. 그랬지."

전혀 사귄다는 느낌이 없기에, 이렇게 새삼 주지시키지 않았다간 금세 잊어버릴 것 같다.

그보다 실제로 잊고 있었다.

"그럼, 교실로 돌아갈까요."

"그래."

토우카는 벤치에서 일어나고, 나도 따라 일어났다

토우카 옆을 걸으면서, 이케 이외의 사람한테서 방과 후에 만나자는 이야기를 듣는 게 처음일지도 모른다는 사실을 깨닫고, 나는 은근 기쁜 마음이 되었다.

7
하교

그리고 방과 후.

나는 한숨을 푹 쉬고 나서 교과서나 필통을 책상 서랍에서 정리해 가방에 넣고 자리를 떴다.

오늘 점심시간에 토우카가 이 교실까지 와서, 연인 어필을 해서인지, 반 아이들의 호기심 가득한 시선이 신경 쓰여서 오후 수업은 너무 견디기 힘들었다.

참고로 내가 마음에 걸려 시선이 오는 쪽을 바라보면 '히익!'하고 겁에 질려 눈을 돌리는 데까지가 정해진 패턴이다.

……역시 피곤하다, 빨리 돌아가자.

그렇게 생각했지만, 그러고 보니 토우카와 함께 돌아가자고 말만 해놓고 어디서 만날지까지는 정하지 않았다는 사실을 깨달았다.

교문에서 그녀를 기다리면 하교 중인 다른 학생들을 괜히 공포에 떨게 만든다. 어떻게 할지 고민하다가 아무튼 토우카에게 연락하는 게 낫겠다고 생각해 스마트폰을 꺼

내고 보니,

[지금 좀 반 친구들한테 둘러 쌓여서요, 교실에서 잠깐 기다려 줄 수 있나요?]

라는 메시지가 도착해 있었다.

나는 곧바로,

[오케이.]

라고 대답했다.

잠시 교실에서 얌전히, 책상에 앉아 시간이나 보내자고 생각하고 있자니,

"유우지, 잠깐 괜찮을까?"

나에게 이케가 말을 걸어 왔다.

그건 언제나 있는 일이지만, 오늘은 평소와 다른 점이 하나 있었다.

"저, 저기! 시간 너무 안 뺏을 테니까. 괘, 괜찮을까, 토모키 군!?"

수상한 거동에, 더듬거리는 말투로 나에게 인사한 사람은 바로 하사키 카나였다.

……2학년이 되어, 교실 안에서 이케 이외의 반 친구가 말을 걸은 건, 처음일지도 모른다.

"그래. ……무슨 일인데?"

나는 두 사람에게 그렇게 물었다.

하사키는 내가 무서운지 시선을 여기저기 헤매면서 전

혀 말을 안 했다.

이케는 그런 하사키를 보고 미소를 지으면서,

"토우카랑 어떤 관계인지 듣고 싶거든. 카나도 그게 목적이고."

라고 말했다.

역시나, 하고 나는 생각이 미쳤다.

점심시간에 하사키의 시선을 느낀 건 기분 탓이 아니었다.

친동생이나 다름없는 토우카에게 나 같은 해충이 꼬인 걸 보고, 하사키는 걱정이 되어 견딜 수가 없는 것이다.

"아, 제대로 설명할게. ……하지만 그다지 남들 귀에 들어가지는 않았으면 하니까 사람이 없는 곳으로 가자."

"그것도 그러네. 잠깐 이동할까."

이케의 말에 하사키도 말없이 수긍했다.

나에게 이렇게나 겁먹어 말도 제대로 못 하면서도, 토우카를 위해 공포를 견뎌가며 내 앞에 서 있는 거겠지.

좋은 녀석이구나, 라고 생각하면서 하사키를 보자 그녀는 내 시선이 무서웠는지 새빨개진 얼굴로 고개를 숙이고 이케 뒤로 숨었다.

……내가 그렇게 무서운 표정을 지었던가 하는 생각에, 나는 조금 우울한 기분이 들었다.

☆　☆　☆

　그리고 나와 이케, 하사키는 평소에 사람이 다니지 않는 비상계단으로 이동했다.

　"토우카한테 메시지를 보내도, '읽음'표시조차 안 뜨더라고. 미안한데 몇 가지만 확인해도 될까? ……너희, 언제부터 사귀고 있었던 거야?"

　이케가 단도직입적으로 물었다.

　이미 완전히 이케의 등 뒤에 자리 잡은 하사키도 몇 번이고 고개를 끄덕였다.

　이케가 보낸 메시지를 읽지도 않고 무시할 수 있는 여자는 지구상에 토우카 한 명밖에 없겠지, 라고 생각하면서.

　"……어제 점심시간에 토우카가 나를 불러서 고백하고, 그 후로 사귀기 시작했어."

　나는 솔직하게 대답했다.

　토우카는 완전히 무시하려는 모양이지만, 교제가 위장이라는 사실만 전하지 않는다면 아마 괜찮겠지.

　"어제라면 만난 다음 날, 이지? 그……, 고작 그것만으로 사귄다니, 괜찮은 거야? 유우지는, 어째서 토우카랑 사귀기로 한 거야? 성격이라든가도 거의 모르잖아."

　……이케의 말대로 나는 그 아이에 대해 아는 게 거의 없다. 그런데도 딱히 알고 싶지 않았던 시커먼 속내는 알

아 버렸지만.

일단 그 아이의 좋은 면에 호감을 느꼈다고 해두자.

으음, 좋은 면, 좋은 면…….

"……귀엽잖아, 그 녀석."

내 대답에 이케와 하사키가 노골적으로 실망한 표정을 지었다.

특히 하사키는 표정에서 분노마저 배어나오는 듯했다.

"그렇다면! ……토, 토토토모키 군은! 귀, 귀여우면 누구라도 좋은 거야? 딱히 토우카쨩이 아니더라도, 괜찮다……라는 거야?"

갑자기 이케의 등 뒤에서 튀어나와 소리치기에, 나는 깜짝 놀라 하사키를 응시하게 되었다.

그러자 겁에 질린 듯이 어깨를 떨면서도 단호하게 말하는 그녀.

좋아하지도 않으면서 얼굴만 보고 사귀는 거냐고.

그녀는 그렇게 물은 것이다.

이케도 마찬가지로 내 답을 기다리고 있었다.

……나와 토우카는 '가짜 연인'이기에 당연히 그녀에게 제대로 된 연애감정은 없다.

좋아하는지 싫어하는지를 말한다면… 뭐, 어떤 의미에선 올곧은 그 성격은 싫지 않다.

게다가…….

"누구라도 좋은 건 아니야. 그 녀석은, 나를 외모만으로 무서워하거나 하지 않았으니까. ……그런 면은, 좋아해."

스스로 생각해도 너무나 슬퍼지는 이유다.

내 말에 하사키는 분하다는 듯이 이를 악물었다.

그리고 놀랍게도… 그녀는 눈물을 그렁거리기 시작했다.

"나는……, 나, 나도!"

하사키는 뭔가 결심한 듯한 표정이었다.

하지만 그 말은 도중에 이케가 가로막았다.

"카나…, 지금은 그 이상 말하지 마."

그 눈동자가 너무나 차분하기에 하사키도 말문이 막혀 버렸다.

"웃……, 하루마 바보오오-!!!"

그 말만 남기고, 하사키는 혼자 비상계단을 내려가 버렸다.

그 뒷모습을 이케는 상냥함이 담긴 눈동자로 바라보고 있었다.

……나는 하사키가 무슨 말을 하고 싶었는지 어렴풋이 알 것 같았다.

틀림없이, 하사키도 토우카를 좋아하는 것이다.

그런데도 시시한 이유로 토우카와 사귄다고 하는 나를 신뢰할 수도, 용서할 수도 없었던 것이리라.

정말로 하사키는 좋은 사람이라고 생각한다.

"미안해, 이케. 덕분에 위기를 넘겼어."

하사키에게 규탄당하지 않고 넘어가서, 솔직히 말해 나는 안심했다.

"……? 무슨 소리야?"

태연한 표정으로 말하는 이케. 빚을 지우지 않으려는 생각이겠지. 역시 굳이 더 말할 필요조차 없는 좋은 녀석이다.

"……뭐가 됐든, 너라면 안심이야. 토우카한테 억지로 말려든 건 아닐지 조금 걱정했는데, 그렇지도 않아 보여서 다행이다."

이케의 말에 나는 표정이 살짝 굳을 뻔했다.

나는 자신의 의지로 그 아이의 '가짜' 남자친구가 되었지만, 도중엔 확실히 억지로 자기랑 사귀자는 말을 듣기도 했으니까.

"그, 그래."

내 대답을 들은 이케는 만족한 듯이 고개를 끄덕이며 말했다.

"토우카는 건방진 구석도 있지만, 실은 착한 아이야. 그러니까, 잘 부탁해."

이케가 내 어깨를 두드리며 말했다.

나는 조금 복잡한 기분이 들었다.

아마 토우카는 축하를 받기보단 이케가 질투하기를 바랄 테지만.

내 입으로 그런 소리를 할 수도 없다 보니,

"……그래, 맡겨 둬."

나답지 않게 힘없이 웃으면서 그렇게 대답했다.

그리고 타이밍을 잰 것처럼 스마트폰이 진동했다.

꺼내어서 화면을 확인하니 토우카의 이름이 떠 있었다.

"토우카한테서 온 거야? 그럼 받아 줘."

이케의 말에 '응'이라고 대답하고 통화 아이콘을 터치했다.

[선배, 어째서 교실에 없는 건가요오?]

언짢은 듯한 목소리가 스피커를 통해서 들렸다.

[미안, 이케랑 잠깐 대화하고 있었거든. 바로 갈게.]

[하아, 오빠랑……]

다시 언짢은 목소리로 토우카가 반응했다.

[그럼 일단, 이대로 선배네 교실 앞에서 기다릴게요.]

[그래.]

나는 그렇게 대답한 후에 통화를 끝냈다.

"토우카, 화내고 있지 않았어?"

"기분은 언짢아 보이던데."

"내가 불러내서 그런가 보네, 미안해."

"신경 쓰지 마, 아무 문제 없으니까."

내가 대답하자 이케는 웃음으로 답했다.

"역시 남친이야, 마음이 든든한걸."

그는 그렇게 말하더니 나에게서 등을 돌리고 비상계단을 내려가기 시작했다.

"지금 토우카랑 맞닥뜨리면 한소리 들을 것 같으니까. 나는 여기서 따로 피난하도록 할게."

그러면서 "그럼 내일 보자"라고 이케가 말했기에, 나도 "그래, 그럼 내일."이라고 대답했다.

그리고 왔던 길을 되돌아가자, 교실 앞 복도에서 따분하다는 듯이 스마트폰을 만지작거리는 토우카가 서 있었다.

"미안, 기다렸지."

나는 토우카에게 그렇게 말을 걸었다.

그녀는 깜짝 놀라 어깨를 움찔한 후에, 조심스러운 눈빛으로 이쪽을 살폈다.

"고생 많았네요, 선-배."

그리고 내 등 뒤를 보았다.

"이케는 없어. 따로 갔거든."

"아, 그랬나요. 그럼 바로 돌아갈까요."

그녀는 밝은 목소리로 말하더니 안심한 듯이 한숨을 내쉬면서,

"그보다, 아까 전 전화는 죄송해요. 애초에 제가 기다리고 만들어 놓고선, 좀 별로였죠?"

두 손을 모아 나에게 사과하는 토우카.

"항상 그렇잖아, 신경 쓰지 마."

신발장을 향해 걸음을 옮기면서 내가 말하자, 이번에는 어딘가 불만스러운 듯이 뺨을 부풀리고서,

"그건 다시 말해, 저는 항상 별로라는 건가요?!"

라고 나에게 따져 물었다.

"이케가 얽힌 문제에선 은근히 그런 느낌이 있지."

"……부정 못 하는 스스로가 분하네요!"

내가 수긍하자 그녀는 므읏, 하고 눈썹을 찌푸렸다.

신발장에 도착해 스니커로 갈아신고 밖으로 나오자, '그러고 보니'라며 토우카가 입을 열었다.

"선배, 여자애랑 함께 하교하는 건, 제가 처음이지 않나요?"

반응하기 곤란했다.

여자아이와 함께 하교하는 건 분명 처음이니 솔직하게 긍정해야겠지만, 토우카에게 그대로 말하면 분명히 기어오를 것이다. 하지만 마땅한 대답이 떠오르지 않았다.

나는 일단 무시하고 걸음을 옮겼다. 토우카는 그런 나를 보고 무슨 생각을 했는지 히죽거리며 말했다.

"어머어머, 혹시 선배, 부끄러워서 아무 말도 못 하게

된 건가요? 정말 귀여우시네요~."

"아아, 그래. 토우카 같은 미소녀랑 함께 하교할 수 있다니 나는 감동해서 말도 제대로 나오지 않아, 귀엽지?"

"선배 또, 그런 말로 나를 꼬시려고 하고 있어~."

아하하하, 라고 웃으면서 내 등을 탁탁 두드리는 토우카. 은근 아파서 짜증난다.

"아, 그래. 모처럼인데 이대로 어디든 잠깐 가버릴래요?"

애교 부리듯 올려다보면서 묻는 그녀에게,

"그러네. 일단 집에 가서 생각해본 후에 내일까지 의견을 조정하자."

"그거 완전 의미 없지 않나요~?"

내 말이 뭐가 그리 재밌는지 배를 부여잡고 웃음을 터뜨린다.

그 모습을 보면서 나는 주위를 확인했다.

이미 교문을 지나 밖으로 나왔지만, 역으로 향하는 통학로이기에 수많은 학생들이 길을 걷고 있었다.

그리고 그 수많은 인간들이 걸음을 멈추고 우리 쪽을 쳐다보며, 믿기지 않는 광경을 보았다는 듯이 입을 헤 벌리고 있었다.

설마 내가 러브코메디에서는 꼭 나오는 이벤트처럼 '어째서 저런 평범한 녀석이 우리들의 아이돌과 함께 하교하는 거야, 부럽다~'라고 엑스트라 캐릭터들의 눈총을 받는 경험을 하게 되다니, 하여간 인생은 알 수 없다.

속으로는 식은땀을 줄줄 흘리면서 그런 생각을 하고 있자니,

"……환각, 인가?"

주위에서 작은 목소리가 들려왔다.

환각까지는 좀 아니지…, 라고 나는 가벼운 충격을 받았다. 하지만 이런 일로 풀이 죽어도 남는 게 없으니 되도록 신경 쓰지 말자.

"아, 맞다. 선배, 전철은 어느 방향으로 타세요?"

"음, 나는 아래 방향이니까, 윗 방향으로 가는 토우카와는 정반대다."

내 대답에 토우카는 "헤―, 그렇군요―."라고 중얼거린 후에, "……에?!"라고 소리치며 갑자기 걸음을 멈췄다.

대체 왜 그러나 싶어 그녀를 보자, 떨리는 몸을 자신의 팔로 부둥켜안고서,

"어, 어, 어떻게 제가 윗 방향이라는 걸 알고 있는 거예요?! 설마, 어제 제 귀갓길을 따라와서…… 스토커?!"

경악하는 토우카, 나도 그 발상의 비약에 경악했다.

"이케랑 같은 방향일 테니까, 그 정도는 알아도 당연하잖아?"

그 대답을 듣더니 창백했던 토우카의 얼굴이 이번에는

갑자기 새빨갛게 달아올랐다. 그러더니 크흠, 하고 헛기침을 한 후에,

"……과연, 그 발상은 못 했습니다."

아무렇지 않은 척하며 말했다.

기본적으로 언제나 공세를 유우지하는 토우카에게 생긴 이 빈틈을, 나는 놓치지 않고 공략하기로 했다.

"토우카는, 의외로 자의식 과잉이구나."

"무, 무슨, 감히 저를 자의식 과잉 취급하다니…. 얼마나 건방진 선배인 거에요!?"

라고 눈썹을 치켜뜨고서 말했다. 나는 그의 말에 어떻게 답해줄까 고민하다가…, 내가 지금 어떤 상황인지 깨닫고 '하핫'하고 저도 모르게 웃고 말았다.

갑자기 웃는 나를 싸늘하게 바라보면서, 토우카는 질색하는 표정으로 "에, 지금이 웃을 때인가요? 그보다, 얼굴이 무서운데요……."라고 말했다.

그 말에 침착함을 되찾은 나는,

"아, 미안. 그냥, 이렇게 이케 말고 다른 사람이랑 담소를 나누고 있는 스스로에게 조금 놀랬거든."

창피함도 모르고 그런 한심한 소리를 입 밖으로 내고 말았다.

내 말에 토우카는 한순간 말문이 막힌 듯했지만, 곧바로 씨익 하고 입꼬리를 올렸다. 그러더니 내 얼굴을 바라보

며 말했다.

"저도 꽤, 즐거웠다구요? 그야 정신 차리고 보니, 벌써 역에 도착해 버렸을 정도니까요."

토우카의 말을 듣고서야 나도 어느새 역에 도착했다는 사실을 깨달았다. 평소의 하굣길보다 몇 배는 일찍 도착한 느낌이었다.

"그럼, 내일도 잘 부탁드릴게요!"

"어, 그래."

그렇게 말하고 우리는 역사 안에서 헤어져 각자 타야 하는 전철이 오는 플랫폼으로 향했다.

전철을 기다리면서 나는, 방금 전까지 나눈 대화에 대해서 생각했다.

사소한 대화를 나누면서 마주보고 웃는다.

마치 진짜 연인처럼…… 까지는 아니더라도.

평범한 친구 사이처럼, 자연스럽게, 별 내용 없는 대화를 할 수 있었던 게…….

나에게는 그야말로 몸이 근질거리는 느낌이었다.

8
등교

금요일 아침.

오늘은 기분 좋은 맑은 날씨.

그래서인지 나는 조금 일찍 집에서 나와 등교하고 말았다.

일주일의 마지막 평일에 느껴지는 권태감도 이 날씨 덕분에 조금은 누그러지는 기분도 든다.

보아하니 앞에서 같은 학교 교복을 입고서 걷는 남자애들 몇 명이, 활기차게 서로에게 장난을 치면서 걷고 있었다.

주위를 신경 쓰지 않는 그 모습에 눈살이 찌푸려지긴 했지만, 저 활기가 부럽기는 하다.

그렇게 생각하면서 나는 그 남자 그룹을 지나쳐 갔다.

그러자 내가 지나간 순간,

"얌마, 그만 하라니까, 진짜! 아니, 진짜······."

"야, 왜 갑자기 조용······."

"어, 어째서, 토, 토모키······."

그렇게 즐겁게 떠들어댔으면서, 모두가 약속이라도 한 듯이 입을 다물었다.

이 학교 녀석들은 '내가 근처에 있을 때는 정숙합시다'라는 룰이라도 정해둔 걸까?

혹시 나는 가벼운 따돌림을 당하고 있는 게 아닐까?

그런 생각이 들었지만, 아무튼 신경 쓰지 말자고 다짐하며 걸음을 옮겼다.

"후우−, 죽는 줄 알았네."

"역시 토모키가 사람을 죽였다는 소문, 진짜인 것 같지."

"저런 눈빛에 사실은 성실한 사람이라니, 도저히 못 믿겠다니까……."

걸음을 옮기는 동안에도 내 귀에는 남학생 셋의 목소리가 들어왔다.

내가 사람을 왜 죽이냐, 아무리 소문이라도 그건 너무하지 않냐….

하아, 라고 작게 한숨을 쉬었다.

일주일의 피로와 우울함이 내 몸을 무겁게 짓눌렀다.

그런 느낌으로 걷다 보니 이번에는 세련된 여학생들의 목소리가 들렸다.

"그보다, 어제 반 애들한테 들었는데 말야~, 토우카, 정말로 그 선배랑 사귀는 거야~?"

"아~, 토모키? 라고 하던가? 그 완전 무서운 얼굴 한 위험해 보이는 양아치~."

"맞아맞아. 우리들의 아이돌, 토우카랑은 완전히 사는 세계가 다른 인간."

"뒷세계 사람이라는 얼굴하고 있지, 그 양아치 남자."

"뒷세계! 맞아맞아, 딱 그거!"

불쾌한 웃음소리와 함께 대화 내용이 들렸다.

……내 이야기였다.

앞에서 걷는 사람은 여학생 세 명.

한 명은 뒷모습만 봐도 알 수 있었다. 내 '가짜 연인'인 토우카였다.

그리고 깔깔거리는 천박한 웃음소리를 내는 쪽은, 토우카의 친구일까.

아무튼 1학년이라는 건 분명하겠지.

"에이~, 확실히 유우지 선배는, 엄청 무섭고, 실제로도 위험한 사람이지만~."

토우카는 태연한 말투로 말했다.

그럼 그 위험한 사람한테 매점에서 빵셔틀 시킨 넌 대체 뭐냐.

"그래도 나를 엄청 좋아하니까 말이지~, 엄청 소중하게 여겨주고, 엄청 상냥해. 그런 면은 꽤 귀여울지도~, 라는 느낌?"

……뭐야, 다른 사람 이야기인가.

나는 딱히 토우카를 엄청 좋아하지도 않고, 엄청 소중하게 여기지도 않고, 엄청 상냥하지도 않다.

다시 생각해보면, 딱히 나는 뒷세계 사람이라는 얼굴도 아니지, 응응.

과연 그렇군. 나와 또다른 유우지 선배가 존재하는 거구아. 납득했다.

"우와~, 역시 토우카. 하지만 아무리 나를 좋아해도, 난 무리일지도~."

"확실히 너무 무서워서 옆에 서면 지린다니까!"

"꺄하하, 그럼 어떡해! 그것보다도, 난 토우카네 오빠가 엄청 내 타입인데~."

나와 동명이인인 유우지 선배의 이야기는 끝나고, 갑자기 이케가 화제에 올랐다.

뭐, 그 녀석은 미남에다 성격도 좋으니까.

멋진 선배로 인식 되어 있는 것도 이해가 간다.

"알지알지! 하루마 선배 완전 잘 생겼잖아! 그런 미남 오라버니가 있으니까, 토우카의 남자 취향이 특이해진 게 아닐까?"

"아, 그럴지도! 그보다, 토우카~, 하루마 선배 지금 사귀는 사람 없지? 소개 해주라~, 부탁해~, 친구잖아~?"

"잠깐, 왜 혼자 앞서나가는 거야? 아, 나한테도 소개해 줘야해? 토우카?"

토우카는 이케를 소개해 달라고 조르는 그 둘에게,

"아니 나, 오빠랑 사이가 별로 안 좋아서~."

딱딱한 말투로 말하면서 갑자기 뒤를 돌아보았다.

지친 표정을 짓는 토우카와 눈이 마주쳤다.

그러자 토우카는 씨익 하고 입가에 웃음을 띤 후에,

"아잉~, 선−배! 뒤에 있었으면 말 걸어달라구요~♡"

아양 섞인 목소리로 말하더니 내 쪽으로 뛰어왔다.

그 행동에 나머지 두 여학생의 표정에 초조함이 감돌았다.

"……미안. 평소보다 일찍 일어나서인지 머리가 멍해서 못 알아봤어."

내 대답에 둘은 안심한 듯한 표정을 지으면서,

"미안~, 토우카. 방해하면 안 되니까 우린 먼저 갈게~."

"이따가 보자~."

라고 말했다.

"그래, 나중에 봐~. ……는 이미 들리지도 않는 것 같네요."

황급히 학교로 향하는 둘의 뒷모습을 바라보며 토우카는 시시하다는 듯이 말했다.

"그래서, 들었어요, 방금 전 대화?"

"어, 나는 모르는, 얼굴은 무섭지만 토우카를 엄청 좋아하는 YuuJi 선배라는 사람 이야기였지?"

"아잉~, 다 들었네~. 혹시, 화났어요?"

달콤한 목소리로 나에게 묻는 토우카.

"……화는 무슨. 이 정도로 화를 내면 끝도 없어."

"그럴지도 모르겠네요~. 그래도 역시 상냥하네요, 선배는."

"무슨 소리야?"

"못 알아봤다고 말한 건, 아까 여자애들한테 걱정하지 말라고 전하려는 거였죠?"

무표정을 유지한 채로 토우카는 작게 말을 이었다.

"그래도, 모를 거라 생각하는데~, 그 둘은."

"오해받아도 딱히 상관없어. ……그보다, 친구보다 나를 우선시해도 괜찮은 거야?"

내 말을 들은 토우카는 눈썹을 찌푸리며 대답했다.

"아니, 친구 아니거든요. 어쩌다보니 쟤네가 들러붙었을 뿐이에요."

"아~, 역시 그랬군. 확실히 대화하는 모습이 영 귀찮아 보이더라."

"맞아요, 귀찮아 죽겠어요, 이래저래."

체념한 표정으로 토우카는 중얼거렸다.

나는 그 말에 세심한 말로 대답해 주지도 못하고, '그렇구나'라는 뻔한 맞장구나 치는 게 고작이었다.

"그러고보니 선배는 이번 주말에 뭐해요~?"

화제를 바꿔야겠다고 생각했는지 토우카는 나에게 그렇게 물었다.

"특별한 예정도 없고, 이케한테 어디 놀러 가자고 물어볼까 싶어."

내 대답에 토우카는 갑자기 언짢아진 표정을 지었다.

"하? 아니아니, 어째서 여친인 저보다도 먼저, 망할 오빠한테 물어보는 건데요? 완전 말 안되는데요?"

"아니, 사귄다고 해봐야 가짜잖아. ……그보다 뭐냐, 내가 어딘가 가자고 해줬으면 하는 거야?"

내가 묻자 토우카는 굳은 표정으로, 주위에서 등교중인 학생들에게 다 들릴 정도로 크게,

"아~앙, 선배! 그럼 이번 주말에 첫 데이트인 거네요! 저, 엄─청 기대하고 있을테니까요~?"

간드러지는 목소리로 영문 모를 소리를 떠들어댔다.

아니, 무슨 말 하는 거야? 라고 딴죽을 걸려 하던 차에,

"우와, 이케가 토모키 선배랑 사귄다는 소문이 사실이었냐고."

"나 진심으로 노렸었는데….'"

"역시 귀여운 여자애는 나쁜 남자한테 끌리는 법인가……?"

주위의 원한 섞인 목소리가 내 귀에 닿아, 그럴 상황이 아니게 되었다.

이 여자, 어디까지 나를 남자 피하는 용으로 써먹는 거냐……!

불만을 입 밖으로는 내지 않은 채 시선으로 유감을 주장하니, 그녀는 놀리는 듯한 웃음을 지으면서,

"에스코트 잘해주셔야 해요, 선배?"

라고 내 귓가에 속삭였다.

나는 '하아'라고 한 번 한숨을 내쉬고 포기하기로 했다.

뭐, 그것도 나쁘지 않겠지. 어차피 주말에는 아무 약속도 없으니까.

"……기대는 하지 마."

내 말에 토우카는 장난스러운 미소로 대답을 대신했다.

9
첫 데이트

고교 2학년으로 진급하고 나서 처음 맞는 토요일.

토우카는 그 자리의 기세로 즉흥적으로 말을 꺼낸 게 아니라, 정말로 나와 함께 휴일을 보낼 생각이었던 것 같다.

얌전히 메시지를 주고받아 일단 역 앞에서 만나기로 약속했다.

그런 관계로, 지금은 역 앞.

약속한 시간보다 조금 일찍 도착하자 이미 토우카가 있었다.

교복을 입지 않아서인지 신선해 보였다. 패션은 잘 모르지만 토우카의 화려한 외모와 훌륭한 몸매가 부각 되는 사복이라 센스가 좋다는 건 어렴풋이 느껴졌다.

그건 그렇고 그녀는 정말 눈에 띈다. 멀리 떨어져 있는데도 곧바로 알아볼 수 있었다.

"뭐 어때서 그래, 우리랑 같이 놀자고?"

"엄청 즐겁게 해줄테니까."

…그것도 다 상당히 질이 나빠 보이는 남자 셋에게 둘러

싸여 있기 때문이지만.

토우카의 압도적인 외모를 생각하면 저런 녀석들이 치근덕대는 것도 이상한 일은 아니다.

"으음~, 저 지금 남친 기다리고 있어서요~. 그건 힘들겠네요~."

그렇게 억지로 웃으며 적당히 넘기려 했지만,

"남친? 괜찮아, 괜찮아. 어떤 놈인지는 모르지만, 우리가 같이 있는게 무조건 더 즐겁다니까~."

"그래. 그보다 계속 거절하면 우리도 꽤 상처받거든?"

어지간히 끈덕진 녀석들이다.

거절당해도 포기하지 않고 토우카에게 계속 들러붙어 있다.

통행인은 보고도 모르는 척하면서 그대로 지나쳐 버린다.

어쩐지 남자들에게 포위된 토우카가 불쌍하게 느껴졌기에, 나는 서둘러 그녀에게 다가가 말을 걸었다.

"미안, 기다렸지."

토우카는 나를 발견하자마자 갑자기 웃는 얼굴로 뛰어왔다.

"당신들, 내 여자친구랑 아는 사이야?"

그 질 나쁜 셋에게 나는 물었다.

그들은 내 얼굴을 보고 한 걸음 뒤로 물러섰다.

……너희 인상도 충분히 나쁘거든. 그 반응에 나는 조금 침울해졌다.

"미안해~, 남친이한테 혼나니까, 오빠들이랑은 못 놀아~."

토우카의 말투엔 가벼운 장난기가 섞여 있었지만, 내 팔에 달라붙은 그녀의 얇은 팔은 가느다랗게 떨리고 있었다.

"미안하지만, 그렇게 됐다."

나는 곧바로 그 자리를 뜨려고 했지만,

"어이, 기다려 임마!"

뒤에서 불러 세우는 소리가 들렸다.

"……뭔데?"

"꼬나보면 우리가 쫄 줄 알았냐?"

"여자 앞에서 폼 잡고 싶은 모양인데, 3대1이니까 사실은 빨리 도망치고 싶은 거지?"

"잠깐 좀 보자구? 여기선 눈에 띄잖아?"

……이것들, 꽤 판에 박힌 양아치구만.

라고 생각하는 와중에도 그들은 우리를 둘러싸고 인적이 드문 곳까지 유도했다.

이동하는 내내 토우카는 불안한 듯이 내 옆모습을 보면서 팔을 붙잡은 손에 힘을 주었다.

그리고 인적이 없는 뒷골목에 도착했다.

"서, 선배……."

불안한 듯이 중얼거리는 토우카에게,

"아, 괜찮아."

라고 나는 대답했다.

"……어엉? 뭐가 괜찮다는 거야?"

"아직도 여자 앞에서 폼이나 잡을 생각이냐?"

"헤헤, 이거 진짜 멍청한 놈이네…!"

나를 둘러싼 셋이 여유롭게 웃고 있었다.

"자, 그럼 넌 땅바닥이랑 키스나 해라."

그렇게 지껄이더니 남자 하나가 나에게 주먹을 날렸다.

등 뒤의 토우카를 흘끔 보았다.

너무 쇼킹한 장면을 보여주지 않게 주의해야겠다.

나는 나를 노리고 주먹을 휘두르는 남자의 팔을 간단히
붙들었다.

"어?"

그 팔을 힘으로 밀어내자 자세가 무너지면서 뒤에 있던
또 한 명과 부딪혀, 둘이 나란히 엉덩방아를 찧었다.

넘어져서 끙끙거리는 둘을 내려다보면서 나는 말했다.

"시끄러운 일은 질색이라서 말야. 이쯤에서 그만하는
게 어때?"

선의의 제3자가 소동을 듣고 신고해서 경찰이라도 오면
일이 복잡해진다.

"이, 이제 와서 뭔 얼빠진 소리야!"

이제 와서가 아니라, 다짜고짜 덤빈 건 그쪽이잖아.

그 말을 꾹 참고 나에게 다가오는 건장한 체격의 남자를 보았다.

아마 이 녀석이 보스격이라고 보면 되겠지.

자빠져 있는 둘보다 훨씬 강해 보인다.

하지만… 힘만 믿고 덤비는 스타일이라 움직임이 단조롭기 그지없다.

나는 하품을 참으며 남자의 힘을 역이용해 그대로 바닥에 눕혀버렸다.

"으악…… 젠장! 놔! 놓으라고!"

나에게 구속당한 채로도 남자는 버둥거리며 괴로운 듯이 소리쳤다.

……아직도 이런 건방진 소리를 할 수 있다니, 대단하네.

이만큼이나 당해 놓고도 실력차를 모르는 것 같다.

"지금 물러나면 그대로 놔주겠어. 하지만 이 이상 더하겠다면…… 나도 안 봐준다. 각오는 되어 있겠지?"

나는 날뛰던 남자에게 위협적인 말투로 말했다.

그러자 그는 갑자기 얌전해지더니.

몇 번이고 고개를 끄덕거린 후에,

"미안해, 네 여자한테는 이제 손대지 않겠어, 약속한다."

라고 말했다. ……딱히 내 여자는 아니지만.

"말이 잘 통해서 다행이네."

나는 그 후에 그들을 놓아주었다.

그러자 그는 황급히 일어나, 나머지 둘을 일으킨 후에 불평 한 마디 하지 않고 허둥지둥 자리를 피했다.

뭐, 생각보다 영리한 녀석들이라 다행이다. 이 이상 일이 커지면 역시 토우카가 쇼크를 크게 받았을 테니.

"……우와, 선배. 겉모습뿐 아니라 실제로도 불량아였네요."

그 남자들이 사라진 것을 확인한 후에 토우카가 말했다.

"난 스스로를 불량학생이라고 생각한 적은 없어. 남이 싸움을 걸어오면 원만하게 끝낼 뿐이지."

"이게 원만한 거라고요? 우와, 자각이 없다던가, 찐이네요……."

"너 말야……."

이래봬도 불한당에게서 구해준 은인이건만.

잘했다는 말 한마디 정도는 해줘도 되잖아, 라고 생각했지만 그녀의 손이 지금도 떨리고 있다는 걸 깨닫고 그만두었다.

내 시선을 알아차렸는지 토우카는 떨리는 손으로 가만히 스커트를 쥐었다.

그래도 떨림은 멎지 않았다.

"……그야 무서웠다구요? 저는 선배처럼 강한 남자가 아니라, 가녀린 여자애니까요! 남자들이 평정심을 잃고 치근덕거릴 정도로 귀엽고 매력적이라서 죄송해요! 흥, 이걸로 만족하나요, 선배!?"

강한 척이랍시고 하는 그 말을 듣고서야 나는 배려심이 한참 부족했다는 걸 깨달았다.

"나도 좀, 무서웠지? ……미안."

내 말에 토우카는 놀란 표정을 지으면서 말했다.

"화, 확실히 무섭기는 했지만! 하지만 선배가 무서운 건 늘 있는 일이구, 전 그다지 신경 안 쓰거든요?"

아마 나를 배려해주는 것이다. 나는 그게 고마워서,

"그래, 다행이네."

라고 짧게 대답했다.

"……그, 이런 말은 진짜 부끄럽지만, 그렇게 순순히 말하면 오히려 제가 곤란하다고 할까, 저야말로 고맙습니다, 라는 느낌이지만요."

토우카는 계속해서 말했다.

"그렇다고 해야하나. 저, 조금은 선배를 다시 봤어요."

밝은 표정을 지으며 토우카는 그렇게 말했다.

"……어떤 식으로 다시 봤는데?"

"이전까지는 선배를 얼굴만 험악한 불량아라고 생각했는데요. 이제는 열 받으면 위험한 녀석이라고 인식하게 되었어요."

우와~, 무서워! 자기 몸을 두 팔로 껴안으며, 그녀는 말했다.

"그게 어딜 봐서 다시 봤다는 거야?"

"아하? 들켜버렸나요?"

평소와 똑같이 익살을 부리는 그녀.

보아하니 손의 떨림은 이미 진정되었다.

나는 그걸 보고 조금 얼굴이 풀어졌다.

토우카도 내 표정이 변했다는 걸 깨달았을 것이다.

마음이 불편한 듯한 표정을 감추려 했지만, 금세 포기했는지 수줍게 웃었다. 그리고 그녀의 뺨에 살짝 홍조가 감돌았다.

"……약속장소에서 시간만 보내버렸지만, 이제부터 우리의 첫 데이트다. 마음껏 즐기자고."

토우카는 내 말을 듣더니 뺨을 붉게 물들이고서 말없이 동의했다.

☆　☆　☆

"그럼 선배. 이제부터 뭘 할까요?"

역 앞을 걸으면서 토우카가 물었다. 지금은 진정되어 평소와 똑같은 분위기로 돌아왔다.

"……영화를 보는 건 어때?"

"영화인가요. 나쁘지는 않지만, 평범하네요."

"평범한 걸로는 안 돼?"

내가 그렇게 묻자,

"뭐, 그렇진 않지만. 무난하니까요."

어깨를 으쓱하며 대답하는 토우카.

이 녀석은 대체 나한테 뭘 원하는 거지…? 싶어 조금 신경이 곤두섰다.

우리는 나란히 번화가에 있는 영화관으로 향했다.

"영화를 보는 거야 괜찮지만, 요즘 무슨 재미있는 작품 하고 있던가요?"

그리고 영화관 앞에 걸린 현재 상영작 포스터를 보더니 토우카는 말했다.

"……어머, 선배? 혹시 이 〈love letter〉라는 뻔한 연애 영화를 저랑 보러 오고 싶었나요? 정말이지 참, 선배는 제가 조금이라도 방심하면 이렇게 꼬시려고 든다니까~."

미남 배우와 젊은 여배우가 클로즈업된 포스터를 가리키며 그녀는 히죽거리며 웃고 있었다.

"내 생각엔 토우카라면 이쪽을 좋아하지 않을까 싶었는데."

세기말의 세상에서 터프가이가 미녀와 함께 여행하면서, 이얏호~, 라고 외쳐대는 잔챙이들을 상쾌하게 날려버리는 영화다.

　상당한 롱히트작으로 작년 겨울부터 아직까지 상영중이
다.

　"어쩌면 토우카는 이미 봤을지도 모르겠네."

　"아니 잠깐 기다려줄래요, 선배? 이렇게 귀여운 여자애
의 취향이 어째서 이런 바이올런스한 영화일 거라고 생각
하는 거에요?"

　"토우카의 성격이 은근 바이올런스하니까."

　"열 받네요……."

　불만스러운 표정을 지으면서도,

　"……확실히 TV광고 보고 재미있을 거라는 생각은 했지
만요."

　라고, 그녀는 말했다.

　그렇게, 우리는 피가 분수처럼 솟구치고 비명이 끊이지
않는 영화를 함께 감상하게 되었다.

☆　☆　☆

　영화를 보면서, 역시 좋은 평가를 받은 만큼 박력도 있
고 액션도 화려해서 멋지다고 생각했다.

　옆을 보니 토우카는 눈을 반짝거리면서 웃고 있었다.

　……토우카는 정말로 이런 영화를 좋아하는 것 같았다.

아마 무의식중에 하는 행동이겠지만, 놀라거나 흥분할 때면 내 옷소매를 꽉 잡았다. 무슨 일인가 해서 그녀를 보니 표정을 수시로 바꿔가며 영화에 몰입하고 있었다.

영화 내용과 토우카의 반응을 즐기며, 의외로 귀여운 구석이 있는 아이라고 생각했다.

☆　☆　☆

"재미있었지."

"그러네요. 선배랑 연애영화를 안 본 건 정답이었어요!"

흥, 하고 고개를 돌리면서도 토우카는 그 밀에 동의했다.

지금은 영화를 다 보고 패스트푸드점에서 음료를 마시며 감상을 나누는 중이다.

"그러게. 그건 그렇고 토우카는 정말 즐겁게 영화 보더라."

나는 드링크를 입으로 가져가면서 그렇게 말했다.

"……어라, 혹시 선배?"

그 말에 그녀를 보자 장난스러운 표정으로 웃고 있었다.

"왜?"

"저를 엄~청 좋아하는 선배는, 혹시나 할 것도 없이 영화보다 저를 보는 데에 정신이 팔려있었던 거죠? 아이,

참-! 저는 언제든지 볼 수 있으니까, 영화를 볼 때 정도는 참아 주세요!"

에잇, 에잇~, 하면서 내 정강이를 발끝으로 툭툭 차며 농담처럼 말했다.

나는 내심 '평범하게 짜증나네, 이 녀석…'이라고 생각하면서,

"그러게, 즐겁게 보는 모습이 너무 귀여워서 그만."

어차피 무슨 대답을 해도 기어오르는 건 매한가지니까 차라리 긍정해버리자, 라는 생각에 그렇게 대답했더니,

"……엣?!"

하고 놀란 듯이 반응하는 토우카.

좀 전까지 일정한 리듬으로 나에게 위해를 가하던 발끝도 움직임을 딱 멈추었다.

이상한 느낌이 들어 확인해 보니, 그녀는 새빨개진 얼굴로 어쩔 줄 모르고 시선을 헤매고 있었다.

"……왜 그래?"

내 물음에 토우카는 곤란한 표정으로 나를 살피며 대답했다.

"아뇨, 조금 오늘의 선배는 너무 진지하게 저를 꼬시려고 해서……. 싫은 건 아니지만, 곤란하다고 할까~."

으~음, 하고 고개를 갸웃거리면서 그녀는 말했다. 아무래도 괜한 오해를 하게 만든 것 같다.

하지만 여기서 '오해야, 그런 생각으로 한 말이 아니야!' 라고 말한다면 그 필사적인 태도가 오히려 수상함을 부채 질하겠지.

어떻게 할까 생각하다가 아이디어가 떠올랐다. 나는 드 링크를 다 마시고 입을 열었다.

"⋯⋯그렇구나. 그럼 오늘은 이쯤에서 해산할까."

"어째서 그렇게 되는 건데요!?"

"⋯⋯부끄러움 숨기려고."

"⋯⋯완전 국어책 읽기인데요~?"

의심스럽다는 눈빛으로 나를 보며 그녀는 말했다.

미묘한 정적이 흘렀다. 그러다가 서로 눈을 마주치고 누 구랄 것도 없이 쓴웃음을 지었다.

"집에 가겠다는 건 농담이고. 다음엔 뭘 할까?"

"에이~. 계속 에스코트 해주세요~."

불만스러운 듯이 입술을 뾰로통하게 내밀고서 토우카는 말했다.

나는 내가 가진 지식을 총동원한 끝에 도달한 해답을, 자신감 없는 말투로 말했다.

"⋯⋯게임센터는 어때?"

"게임센터⋯⋯라면 혹시?! 불량아 토모키 유우지 선배 의 바이올런스한 삥뜯기를 볼 수 있는 건가요?"

"그런 건 못 보니까. 애초에 삥뜯기 따위 안 해."

나는 한숨을 쉰 후에 대답했다.

"네, 알고 있는데요?"

아하, 라고 미안하다는 기색도 없이 웃는 토우카.

"하지만 동전 러시, 기계 주먹으로 치기, 재떨이 던지기에서 리얼 파이트까지 이어지는 4연속 콤보는…… 볼 수 있는 거죠?"

그런 판에 박힌 듯한 행동, 요즘 시대에는 만화에서도 못 보는 건데.

"진짜로 나를 뭐라고 생각하는 거냐?"

나는 커다란 눈으로 바라보는 토우카에게 탄식하며 그렇게 대꾸했다.

☆　☆　☆

그리고 근처에 있는 게임센터로 이동했다.

가게 안에 어떤 게임들이 있는지 한 바퀴 둘러본 후에,

"아무래도 선배의 상대가 될 만한 녀석들은 없는 것 같네요."

라며 의기양양한 얼굴로 가슴을 폈다.

"의미를 모르겠어."

말은 이렇게 하지만 이만큼 리얼 파이트로 나를 놀려대는 건 아마 '아까의 싸움을 신경 쓰지 않는다'는 걸 어필하

기 위해서임을 짐작할 수 있다.

이러니저러니 해도 소통능력은 뛰어난 편이니 마음만 먹으면 배려심도 발휘할 수 있다는 것이리라.

그렇다면 평소에도 좀 신경을 써 줬으면 좋겠다는 생각도 들었지만, 아무튼 이 배려는 기뻤다.

"자, 그럼 뭐든 좋으니 저랑 게임으로 대전해요~!"

그 말에 나는 고개를 끄덕였다.

"이 레이싱 게임 어떤가요~!"

토우카와 대전 모드로 게임을 시작했다.

그녀의 조작 자체는 초심자치고는 익숙했지만, 그래도 이 게임을 몇 번쯤 플레이해본 내 상대는 되지 못했다.

나는 상당히 큰 차이로 토우카를 이겼다.

"으윽…. 다음은 이 격투 게임이에요!"

유명한 게임이 비어 있어서 우리는 거기에 앉았다.

토우카는 예상외로 캐릭터를 능숙하게 조작했지만, 나는 거의 퍼펙트로 그녀에게서 승리를 거두었다.

동전 러시, 기계 주먹으로 치기, 재떨이 던지기도, 리얼 파이트도 물론 하지 않았지만 토우카는 상당히 험악해진 눈빛으로 나를 보고 있었다.

"……이번에는 이거예요. 에어 하키. 절대로 안 질테니까요."

이번에는 에어 하키 앞으로 이동했다.

동전을 넣고 서로 마주보았다.

꽤 훌륭한 실력이었지만 내 운동신경과 동체시력은 스스로 말하기엔 좀 부끄럽지만 상당한 수준이다.

토우카는 결국 나를 상대로 득점하지 못했다.

11대0이라는 최종 스코어를 보고 반쯤 울 것 같은 표정이 되었다.

"……재수없어."

대전을 끝낸 후에 토우카가 울상이 되어 중얼거렸다.

"보통 여친이랑 이런 데에 오면 적당히 봐주면서 하는 거라구요!? 약한 사람 괴롭히고, 즐거웠나요, 선배는!?"

경멸하는 시선으로 나를 보며 토우카가 소리쳤다.

"즐거웠어."

"으갸아-!!"

그 말에 분한 듯이 이를 가는 토우카.

지는 게 그렇게 싫은가? 조금 무서울 정도로 분해하고 있다.

그 모습을 보고 나는 깨달았다.

"아, 미안해. 그런 뜻이 아니라 누군가와 오락실에서 함께 노는 건, 처음이어서, 그게 즐거웠다는 거였어."

한때 오락실을 계기로 친한 사람이 생길지도 모른다는 생각에 꾸준히 다녔지만, 다들 겁에 질려 나에게서 도망치기만 할 뿐이라 결국 아무 성과도 거두지 못했다.

"그러니까 미안해. 나만 즐겁게 놀아서."

내 말에 토우카는 당황한 표정을 지었다.

"그런 말을 들으면 재수없다는 소리 같은 건 못 하게 되잖아요…… 선배 바보~!"

"미안해."

"……대전은 이제 됐어요. 이번엔 저거 같이 할래요?"

그렇게 말하고 가리킨 건,

"스티커사진? 우리 둘이서? 제정신이야?"

"싫어할 거라고는 생각했지만, 제정신까지 의심받을 줄은 몰랐네요! ……뭐 어때요. 스마트폰 케이스에 붙여 두면, 반 아이들한테 엄청나게 어필할 수 있거든요?"

"아, 그런 거였구나."

그거라면 납득이 간다. 확실히 남자를 쫓아내는 효과는 끝내줄지도 모르겠다.

"알았어, 그럼 찍자."

"그럼 가볼까요~!"

'남성들끼리 이용 금지'라는 경고가 붙은 구역에 들어가, 토우카가 고른 스티커사진 기계 안에 들어갔다.

동전을 넣자 [모드를 선택해]라는 장난스러운 말투의 안내음성이 흘러나왔다.

"제가 설정할게요~."

설정을 척척 진행하는 토우카.

[포즈를 정하자♪]

라는 음성이 나오자,

"자, 선배! 닭살 커플다운 포즈를 해보죠! 물론, 신체접촉은 금지니까요. 아쉽네요, 선배?"

"난 잘 모르겠으니까 너한테 맡길게. 그리고 딱히 아쉽지는 않아."

"후후, 맡겨만 주세요! 그리고 허세도 그만 부리세요!"

자신만만하게 대답하는 토우카의 지시에 따라,

찰칵!

하고 사진을 찍었다.

은근히 깐깐한 토우카의 지시에 따르기를 수차례. 촬영이 끝나고 나는 해방되었다.

"낙서는 나중에 앱으로도 할 수 있지만, 그냥 여기서 후다닥 끝내 버려도 괜찮죠?"

"잘 모르겠으니까 너한테 맡길게."

내 말을 듣고 힘차게 고개를 끄덕인 토우카는, 기체 측면에서 그 낙서라는 것을 시작했다.

그 옆에서 나는 그녀의 손놀림을 가만히 보았다.

"……이거, 얼굴 좀 이상하지 않아?"

"그러네요. 이 눈 키우기 보정을 쓰면 선배의 무시무시한 얼굴도 조금은 얼버무릴 수 있겠다고 생각했는데…."

"실패군."

"네, 솔직히 이래서야 괴물로밖에 안 보이네요."

한숨을 푹 내쉰 후에 토우카는 중얼거렸다.

좀 부드러운 표현을 써주면 안 되겠냐.

"……한 마디면 충분 하려나~."

그렇게 말하고 토우카는 곧바로 작업을 끝냈다.

그리고 기체에서 프린트된 스티커를 받아 그것을 바라보며 말했다.

"자, 그럼 스마트폰 꺼내세요, 선배."

"스마트폰? 괜찮은데……."

내가 순순히 스마트폰을 꺼내자,

"네, 떼어내면 안 되니까요, 선~배?"

내 스마트폰 뒷면에 무단으로 스티커를 붙인 후에, 떼어내지 말라고까지 하는 토우카.

확인해 보니 피부가 새하얗게 보정된 미소녀와 괴물이 거기에 있었다.

……자세히 볼 것까지도 없이, 토우카는 실물이 스티커 사진 속 얼굴보다 귀엽다.

즉, 나도 진짜인 쪽이 덜 무섭다.

그럴 것이다. ……그렇게 믿고 싶다.

"……조심할게."

내 대답을 듣고 토우카는 만족스러운 듯이 미소를 지었다.

"게임센터 데이트, 꽤 즐거웠어요. 배도 고파졌고, 밥이라도 먹고 오늘은 이만 돌아갈까요?"

"그래. 나도 즐거웠어."

만족스럽게 미소를 짓는 토우카에게 나도 서투른 웃음을 지으며 대답했다.

약속장소에서 사소한 문제가 있었지만, 그래도 첫 데이트치고 괜찮은 편에 들어가지 않으려나.

나는 안심해서 내심 가슴을 쓸어내렸다.

첫 데이트가 끝나고

집으로 돌아와, 나는 내 방으로 들어가 옷도 갈아입지 않고 그대로 침대 위에 누웠다. 그리고 눈을 감고 오늘 있었던 일을 떠올려보았다.

"역시 이상한 사람이야. 유우지 선배는."

처음 만난 날부터 느낀 감정을 나는 재확인했다.

무뚝뚝하고, 얼굴은 무섭고, 싸움을 잘한다. 확실히 불량한 면이 잔뜩 있는 사람이다.

하지만 그 이상으로, 서투르면서도 배려심이 있고, 묘하게 어긋난 대답을 하는 맹한 구석이 있고, 무심하게 보이면서도 의외로 상냥한 부분도 분명히 존재한다.

많은 사람들이 내리는 평가와 전혀 맞지 않는……, 단순히 좋은 사람이라고.

어제까지의 나는 그런 식으로 마음 편하게 생각하고 있었다.

……하지만 아니었다.

선배는 단순히 좋기만 한 사람이 아니라, 역시 주위에서 말하는 무서운 면도 갖고 있었다.

　오늘 남자들한테 둘러싸였을 때에도 너무나 무서웠다. 내가 위험해서 그랬던 것도 있지만, 유우지 선배가 위험을 개의치 않는 것처럼 보인 것도, 엄청…… 엄청 무서웠다.

　분명 본인은 위험에 처해 있다는 인식도 없었겠지만, 그런 식으로 생각하는 위태로움부터가, 애초에 나에게는 무서웠다.

　……하지만 역시 그것도 한 가지 측면에 불과하다.

　그야 오늘은 그때의 무서움을 넘는 즐거운 일들이 잔뜩 있었으니까.

　영화를 보고, 차를 마시면서 감상을 나누고, 그 후로 게임센터에서 처절할 정도로 졌다.

　……아니, 처절하게 진 건 즐겁지 않았지만!

　그래도 그 일을 농담 소재로 삼을 수 있을 만큼, 나쁘지 않은 하루였다고 생각한다.

　아직 알게 된 지 일주일도 지나지 않았지만, 나는 잘 알고 있다.

　그의 서투른 상냥함을.

　무서운 사람이긴 해도 결코 나쁜 사람은 아니다.

　상냥하고, 무섭고, 위태롭고.

……그래도 함께 있으면 즐겁게 느껴진다.

하지만 분명 그것도 전부가 아닐 것이다.

기껏해야 일주일도 되지 않은 교제로는 보여주지 않은 일면이, 아직 한참 있을 것이다. ……나도 보여줄 수 없는, 보여주고 싶지 않은 부분이 있으니까.

분명 선배도 누구에게도 보여주고 싶지 않은 부분이 있을 테지만. ……그치만, 나는 좀 더 그를 알고 싶다.

알아서 어떻게 하고 싶은지는……, 스스로도 전혀 모르겠다. 그치만, 알게 되면 좋겠다, 라고 어째서인지 생각하게 된다.

……그러니까, 이상한 선배라고.

나는, 그렇게 생각하고 있다.

선배에 대해 생각하는 시간이 날이 갈수록 늘어난다는 느낌이 든다.

……결코 사랑을 하고 있는 건 아니지만, 호의적으로는 생각하고 있다.

하지만 그 이상으로. 좀 더 터무니없고, 별것도 아닌……, 아마도 '기대'와 같은 것을 나는 그에게 하고 있다.

'그'라면, 내 본심을 이해해 주지 않을까 하고.

……속마음을 보여줄 생각 따윈 조금도 없으면서, 자기한테만 유리한 '기대'를 해버리는 나약한 자신이 싫어질 것만 같았다.

나는 고개를 가로젓고 몸을 일으켜, 둘이서 찍은 스티커 사진을 가방에서 꺼냈다.

거기에 찍힌 건 얼굴이 하얗게 날아가서 호러 테이스트가 가미된 괴물 같은 유우지 선배와 역시나 미소녀인 나.

나중에 펜으로 쓴 '첫 데이트!'라는 글자를 보고, 나도 모르게 웃음이 번졌다.

아무래도 나는 스스로 인식하는 것보다 훨씬 더, 오늘 한 데이트를 즐긴 것 같다.

나는 씁쓸하게 웃은 후에, 스티커를 한 장 떼어내 스마트폰의 수첩형 케이스 안쪽에 붙였다.

"역시, 엄―청 무서워."

그렇게 중얼거렸지만 떼어내야겠다는 생각은 들지 않는다. 자세히 보면 의외로 귀여운 구석도 있다……는 생각이 안 드는 것도 아니…고?

나는, 그에게 기대하고 있다.

이케 하루마의 여동생이니까.

분명 그런 이유로 배려해서 연인 행세에 어울려 주는 거라고 생각한다. 그게 아니라면 아무리 내가 귀엽다고 해도, 이런 성가신 부탁을, 메리트도 없데 들어줄 리가 없다.

……쓸데없는 일이라는 건 알고 있다.

분명 유우지 선배도 다른 사람들과 마찬가지로, 내 본심을 이해하기는커녕 눈치채지도 못할 것이다.

나는, 멋대로 그에게 '기대'하고 있다.

그리고 분명 멋대로 '실망'하게 될 것이다.

그게 이 관계의 종착점이 될 거라고, 나는 생각하고 있지만―.

"다음에 또 함께 게임센터 가서 꼭 내가 잘하는 게임으로 복수하지 않으면, 분이 안 풀려……!"

'다음' 데이트를 기대할 정도로…….

그와, 그리고 이 관계를.

나는, 마음에 들어하고 있다―.

10
학생지도실

월요일, 새로운 한 주가 시작되었다.

나른한 오전 수업이 끝나고 점심시간이 되었을 때.

"이야~, 그건 그렇고 이 스티커 사진, 정말 효과 최고라구요~!"

오늘도 토우카와 함께 점심을 먹기 위해 중앙정원 벤치에 앉아 있었다.

"……그거 잘 됐네."

나로서는 뭐라 반응하기 힘든 기분이지만.

"하지만 수첩형 케이스 안쪽에 붙여놔서, 밤에 불 *끄고* 스마트폰을 보면 액정 불빛을 받은 선배 얼굴이 갑자기 눈에 들어와서 꽤 식겁한단 말이죠~."

토우카는 그렇게 말하면서 수첩형 케이스 안쪽에 붙은 괴물의 스티커를 보여줬다.

"그럼 떼던가."

"……액막이 부적 같은 효과도 있지 않을까아, 하는 생각도 좀 들어서요. 안 뗄거에요."

액막이라니…. 이 녀석, 꽤 자비심 없는 소리를 하는군.

나는 가벼운 침울함을 느끼며 점심을 먹었다.

그리고 나와 토우카가 식사를 반쯤 마쳤을 때쯤.

"거기 두 사람, 잠깐 괜찮을까?"

나와 토우카에게 말을 거는 사람이 나타났다. 누군지 확인하니 마키리 선생님이었다.

토우카는 마키리 선생님을 보고 노골적으로 싫다는 표정을 짓고 있었다.

"괜찮아요."

내 대답에 토우카는 "에에~."라고 중얼거린 후에,

"……무슨 일이세요?"

라고 짧게 대답했다.

"여기서 할 만한 이야기는 아니야. 둘 다 학생지도실로 오도록."

즉, 중앙정원이 아니라 학생지도실에서 얘기할 문제라는 것이다.

☆　☆　☆

학생지도실은 관리동 1층에 있다.

거기서 나와 토우카는 마키리 선생님과 마주보고 앉아 있었다.

"단도직입적으로 묻겠는데, 너희 둘은 이성 교제를 하고 있는 거지?"

마키리 선생님이 예리한 시선으로 우리에게 물었다.

긴 흑발에 흰 피부, 균형 잡힌 몸매.

마키리 선생님은 대단한 미인이라 남몰래 흠모하는 남학생이 상당히 많다고 들었다(물론 이케한테서 들은 정보다).

하지만 대놓고 그녀에게 말을 거는 사람은 거의 없다.

왜냐하면, 대단히 엄한 분이라 학생 대부분이 무서워하기 때문이다.

"네--, 저희는 건전하게 이성 교제를 하고 있습니다-. 불순한 이성 교제는 안 되는 것 같지만, 우리는 진지하게 사귀고 있어서, 이런 곳에 불려와야 하는 이유를 잘 모르겠습니다-."

하지만 토우카는 조금도 겁내지 않고 그런 소리를 했다.

신입생이라서 마키리 선생님이 얼마나 무서운 분인지 아직 모르는 거겠지.

토우카의 말을 듣고 이번에는 나에게 시선을 보내는 마키리 선생님.

나도 겁을 내지는 않는다.

엄한 분이기는 하지만 얼마나 성실한 선생님인지 알기 때문이다.

그래서 나도 마키리 선생님에게는 거짓말을 하고 싶지 않았다.

"아뇨. 저희는 사실 사귀고 있지 않습니다."

마키리 선생님이 어리둥절한 표정으로 고개를 갸웃거리고 있었다.

"에, 엑–? 아니아니, 무슨 소리 하는 거예요, 선배? 우리들 초러브러브 닭살 커플이잖아요, 아니, 정말이지 깜짝 놀랬잖아요! 그런 심술궂은 소리 하면 나도 화낼 거다 ☆……, 진짜로."

그리고 토우카는 화내고 있었다.

겉으로는 웃고 있지만, 목소리는 완전히 굳어 있었다.

"사귀지 않는다니, 그게 무슨 소리니?"

마키리 선생님은 나에게 다음 말을 재촉했다.

"이 아이는 보시다시피 인기가 많습니다."

"확실히 이케 양은 얼굴도 예쁘고 성격도 밝고, 남자들이 호감을 가지는 것도 이상한 일은 아니지."

나와 마키리 선생님의 대화를 듣고 쑥스러워……하는 귀여운 태도는 토우카에게 없었다.

어두운 눈빛으로 나를 바라보며, 분노가 얼굴에 드러나지 않도록 필사적이었다.

"다만, 누구와도 사귈 마음이 없는데 호의를 고백받아도 곤란할 뿐이라, 저와 사귄다는 명목으로 접근하는 남자들을 쫓아내고 있는 겁니다."

흠, 하고 마키리 선생님은 내 이야기에 고개를 끄덕였다.

"에, 에이 참-. 선배. 그런 거짓말을 하면 제가 너무 슬프잖아요, 정말-."

힘없는 웃음을 짓는 토우카.

하지만 분노로 활활 타는 그 눈을 보니 동정심은 조금도 일지 않았다.

"그랬구나. 다행이네, 이케 양. 상냥한 선배가 협력해 줘서."

토우카를 보며 자상하게 웃어주는 마키리 선생님.

"그런 사정이라면 나도 이 이상 학생지도실에서 이야기를 나눌 필요도 없겠지."

"자, 잠깐만요! 보통은 이런 이야기를 믿나요? 선배가 학생지도를 회피하려고 아무렇게나 내뱉은 거짓말……이라고 생각하지 않으시나요!?"

토우카는 그렇게 말하며 마키리 선생님에게 격하게 항의했다.

"생각 안 해. 토모키 군은 1학년 때부터 봐왔지만, 그는 정말로 성실한 학생이니까. 게다가, 여자애가 상처를 받을 만한 거짓말을 할 거라는 생각도 안 들고."

상당히 신용 받고 있다는 기분이 들어, 나는 정말로 기

뺐다.

마키리 선생님의 박력에 눌려 말문이 막힌 토우카.

반론해 봐야 소용이 없다고 생각한 걸까?

"이 일은! ……저, 절대로 아무한테도 말하지 말아 주세요, 선생님!?"

결국 그렇게 부탁할 수밖에 없는 듯했다.

토우카의 말을 들은 마키리 선생님은, 인자한 웃음을 띠면서 그렇게 대답했다.

"물론 잘 알고 있어. 네 마음도 존중하고 싶고, 토모키 군의 배려도 헛수고로 만들고 싶지 않아."

ㅁㅁㅁ, 미묘하게 납득이 가지 않는지 표정을 잔뜩 구기면서 토우카는 말했다.

"……그렇다면 괜찮지만요. 그럼 이제, 이야기 다 끝난 거죠!?"

"그래. 하지만 앞으로는 조금 더 얌전히 행동하도록, 이라고만, 주의를 해둘게."

마키리 선생님은 마지막으로 나와 토우카에게 그것만 다짐을 받았다.

"……네—에."

시시하다는 듯이 토우카는 대답했다.

나도, 고개를 끄덕였다.

그리고 그대로 일어나서 학생지도실을 나왔다.

학생지도실에서 나와 복도를 걸으면서, 다시 한번 중앙 정원으로 나온 우리들.

"어·째·서! 사실대로 말한 거예요, 진짜 말이 안 되는데요!!"

토우카는 곧바로 나에게 불평을 늘어놓았다.

"……마키리 선생님이 토우카를 신경 써 준다는 걸 알 수 있었으니까."

"하? 그게 무슨 뜻이에요?"

내 말에 눈썹을 찌푸리는 토우카.

"나처럼 불량학생으로 찍힌 남자랑 사귄다는 소문이 돌면, 선생님들이 토우카를 대하는 태도가 상당히 엄해지거든. 마키리 선생님은 사정을 듣고 그 부분을 지원해 주고 싶었던 거겠지."

"……과연 그럴까요. 그런 건 모르는 일이잖아요."

"알 수 있어."

내가 예전에 문제를 일으켰을 때, 이케와 마키리 선생님이 최선을 다해 감싸준 적이 있다.

이번에도 나와 토우카가 교제를 시작했다는 사실만으로 이미 교사들 사이에선 문제시되고 있을 것이다.

마키리 선생님은 그걸 모른 척하지 않고 도와주려 한 것이다.

마키리 선생님은 겉모습으로 사람을 판단하지 않고 내

면을 있는 그대로 봐 준다. 학생을 위해서 행동해 준다.

신뢰할 수 있는 좋은 선생님이다.

"……하아. 지나간 일은 이제 됐어요. 어떻게 할 수도 없으니까요."

토우카는 한숨을 푹 내쉰 후에,

"선배, 일단 말해두겠는데요, 앞으로는 지금 같은 행동 하면 안 돼요."

나를 향해서 그렇게 말했다.

"알고 있다니까."

"정말로 아는 거 맞아요? 망할 오빠한테든 다른 선생님 한테든, 아무한테도. 절대로 이 이상 비밀을 말하면 안 되니까요!"

필사적인 표정으로 토우카는 그렇게 다짐을 받으려 했다.

사실은 이케에게도 거짓말을 하고 싶지 않다.

하지만 나도 이 가짜 연인을 계기로 남매 관계를 호전시키려는 목적 때문에 거짓말을 계속해나갈 수밖에 없다.

"그래, 정말로 잘 알았다니까."

"……정말로 알고 있는 걸까요~."

므으, 하고 심통이 난 듯한 표정을 짓는 토우카.

"안심하라니까, 나도 이제 와서 없던 걸로 할 생각은 없으니까."

"······그러네요. 이렇게 귀여운 여자애랑 함께 있을 수 있는 특권을 그렇게 간단히 포기할 리가 없죠."

진지한 표정으로 토우카는 말했다.

······이 녀석의 이 자신감은 대체 어디에서 솟아나는 걸까 하고, 진심으로 신기하게 느껴졌다.

11

도서실

"도서실 가요, 선배!"

어느 날 방과 후.

토우카와 함께 복도를 걷고 있자, 그녀가 그렇게 제안했다.

"다녀와."

나는 곧바로 대답했다.

"네! ……가 아니라! 선배도 같이, 가야죠!"

"어째서? 둘이서 도서실에 가도 할 거 없잖아?"

토우카는 내 말을 바보 취급하듯 웃으면서,

"잘 들으세요, 선배? 이 학교에는 방과 후에도 도서실에 남아 열심히 자습하는 사람들도 꽤 있대요."

"그렇다고 하더라."

"그런고로! 그런 사람들한테도, 저랑 선배가 사귄다는 어필을 해야 한다는 거예요."

흐흥! 하고 콧김을 내뿜으며 주먹을 불끈 쥐는 토우카.

"……공부하는 애들을 방해하는 행동은, 안 할 거지?"

"물론이죠, 그런 의미도 없는 짓은 안 합니다! 중요한 건 저랑 선배가 방과 후에 도서실에 함께 있었다는 사실. 그 모습을 다른 사람들한테 보여주는 거니까요!"

히죽거리면서 그런 소리를 하는 토우카에게 어이없어하면서도,

"……그럼 갈까."

"네에-!"

나는 함께 가는 것도 괜찮겠다 싶어 그렇게 대답했다.

그런 흐름으로 나는 토우카와 함께 도서실로 향하게 되었다.

☆　☆　☆

"그러고 보니 도서실에 가는 건 처음이에요."

토우카는 도서실 문 앞에서 문득 떠오른 듯이 말했다.

"나도 거의 온 적이 없네, 그러고보니. ……오, 안에 사람이 꽤 있는 모양이니까 조용히 해."

신발장에 실내화가 꽤 많이 들어가 있었다.

소문대로 방과 후에 도서실을 이용하는 학생이 많은 듯했다.

"알고 있다니까요."

가벼운 말투로 대답하는 토우카와 함께 도서실에 발을

들였다.

들어가 보니 많은 학생들이 집중해서 책을 읽거나 공부를 하고 있었다.

정적이 감도는 공간이었지만 누구도 우리가 문을 열고 들어가는 소리를 깨닫지 못한 듯했다.

주위를 둘러본 후에 빈자리를 확인했다.

둘이서 나란히 앉을 만한 곳은……, 있었다. 나와 토우카는 한쪽 구석의 책상이 늘어선 공간으로 이동했다.

의자를 빼서 앉으려 했지만, 확인해 보니 거기에 짐이 놓여 있었다.

말없이 짐을 치워도 별 문제는 없겠지만, 어쩐지 그건 매너가 좋지 않은 행동이라는 생각이 들었다.

그래서 이 짐의 주인으로 보이는 옆자리 남학생에게 말을 걸기로 했다.

"여기, 앉아도 괜찮을까?"

"응, 아아, 미안, 지금 가방 치울……, 토, 토토토토토, 토모키?! 군!! 이, 어, 어째서, 여여여여기에……."

남학생이 입을 열자마자 도서실에 있는 모두의 시선이 나에게 모여드는 게 느껴졌다.

"에엑?! 어째서 토모키가 이곳에?!"

"진짜냐, 공부나 하고 있을 때가 아니잖아!"

"으으, 지금 딱 좋은 부분이었는데 독서에 집중할 수도 없어."

여기저기서 그런 목소리가 들리더니 순식간에 학생들 대부분이 도서실에서 사라졌다.

"아, 아하하! 나도 오늘은 볼일이 있었는데 잊고 있었네! 그러니까 이 자리는 편하게 써! 그, 그럼 이만!"

그리고 내가 말을 걸었던 남학생도 허둥지둥 자리에서 일어나더니 도서실에서 나가 버렸다.

그 혼란스러운 모습을 본 토우카는,

"완전 전세 내버렸네요-. 역시 선배, 언제나처럼 대단해요!"

휘익~, 하고 휘파람을 불면서 나를 놀려댔다.

"······언제나 이런 식이지만, 정말로 곤란하다니까."

도서대출 카운터를 흘끔 보니 놀랍게도 도서위원마저 자취를 감췄다.

시원스러울 정도의 직무유기였다.

"······다음부터 도서실에는 오지 말자. 진지하게 공부하는 애들한테 피해를 주니까."

만약 내가 매일 도서실에 온다면 이용하고 싶어도 오지 못하는 학생들이 잔뜩 생길 게 확실하니까.

"······상냥하네요, 선배는."

토우카는 방금 전과 180도 달라진 분위기로 무표정하게 중얼거렸다.

"어? 뭐가?"

"그야. 저도 선배도 나쁜 짓은 아무것도 안 했잖아요. 저쪽이 멋대로 겁에 질려서 알아서 나간 거라고요. ······ 그런 녀석들 그냥 내버려두면 그만인데."

짜증을 숨기지도 않고, 토우카는 그렇게 내뱉었다.

"혹시······, 그거 위로하는 거야?"

"아니에요. 지금 사람들이랑······, 선배한테. 화가 났을 뿐이라고요."

흥, 하고 새침한 표정으로 토우카는 말했다.

이 녀석이 무슨 말을 하고 싶은지도 어쩐지 알 것 같았다.

──알 것 같다고는 해도.

"오해를 풀려고 노력하지도 않는 내가, 그런 소리를 할 자격은 없지."

"흐─응, 그런가요."

내 말에 토우카는 무감정하게 그런 대답만 했다.

어색한 침묵이 흘렀다.

그럼 이제부터 어떻게 할까 생각하고 있자니.

"그럼! 기왕 도서실을 전세 냈으니 즐겁게 잡담이나 하면서 오늘 숙제를 끝내볼까요~."

밝은 목소리로 토우카가 말했다.

분위기가 무거워졌기에 배려해준 거겠지.

나도 그 발언에 곧바로 편승했다.

"모처럼이니 좀 가르쳐줄까?"

"아니아니, 선배 같은 불량학생한테 공부를 배울 일은 없으니까요."

"……1학년 진도 정도라면 나도 무난하게 가르쳐줄 수 있는데."

"배울 것까지도 없어요! 왜냐하면 전……, 입학시험 성적 1등이었으니까요!"

있는 힘껏 의기양양한 표정을 짓는 토우카.

"와, 1등이라니 대단한데."

진심으로 대단하다고 생각했기에 그대로 전했다.

그러자 의기양양한 표정에서 돌변해,

"……뭐, 그 오빠의 여동생이니까. 그 정도는 당연하죠."

싸늘한 표정을 지으면서 토우카는 중얼거렸다.

"어? 이케의 여동생이라는 거랑 공부를 잘한다는 게 무슨 관계가 있어?"

내가 묻자,

"네?"

그녀는 놀란 표정을 지었다.

"……아. 혹시 이케가 항상 공부를 봐준다든가?"

그거라면 이해할 수 있다.

이케가 맨투맨으로 가정교사를 해준다면 나도 매번 정기고사에서 전교 2등까지는 성적을 올릴 자신이 있으니까.

"……그런 거 받은 적 없는데요."

내 말을 들은 토우카가 어두운 표정으로 반론했다.

전교 1등이라며 잘난 척했는데 순순하게 대단하다고 인정받으니 창피해진 걸까?

딱히 부끄러워할 일은 아니라고 보는데.

"그럼 역시 이케랑은 상관없네."

"그럴지도 모르지만……."

"그럼 성적이 좋은 건 이케 덕분이 아니라 스스로 공부를 열심히 했기 때문이잖아? 딱히 부끄러워할 필요 없지 않아?"

내 말을 듣고 토우카는 더욱 말이 없어졌다.

"……아니, 왜 그래?"

내 말에 토우카는 고개를 천천히 가로저으며,

"아무것도 아니에요."

작은 목소리로 그렇게 대답했다.

그리고 다시 둘 다 말없는 공백이 생겼다.

……평소에는 토우카가 화제를 제공해 주기 때문에 이런 어색한 시간은 그리 오래 이어지지 않는다.

하지만 지금은 다르다.

뭔가 내가 적당한 화제를 제공해야 하는 건지 고민했다.

하지만 나에게는 적당한 화제를 제공할 만큼의 소통능력이 없다는 사실을 깨닫고 절망했다.

"아~, 정말! 왠지 오늘은 뭘 해도 분위기가 이상해져요! 돌아갈래!"

토우카는 갑자기 큰 소리를 내더니 펼쳐놓은 노트와 필기구를 가방에 넣고 자리에서 일어섰다.

"그, 그래. 그렇게 하자."

나도 조금 늦게 그녀를 따라 일어섰다.

그리고 곧바로 도서실 밖으로 나왔다.

☆　☆　☆

하굣길에서는 서로 말이 없었다.

토우카는 뭔가를 곰곰이 생각하는지 입을 꾹 다물고만 있었다.

……분명 내가 깨닫지 못한 사이에 토우카를 화나게 한 것이다.

하지만 원인을 모르니 어떻게 사과해야 할지도 모르겠다.

이대로 각자 전철을 타 버리면 내일까지 대화할 일도 없다.

그건 바람직하지 않다는 생각이 들었다.

그러니까, 뭐든 좋으니 말을 걸어야겠다고 생각했지만.

"그럼, 선배……."

내일, 또 봐요.

토우카는 헤어지면서 그렇게 말하고, 반대쪽 플랫폼을 향해 걸어갔다.

그녀의 목소리는 자칫 들리지 않을 정도로 작았다.

하지만, 그렇게 말한 그녀의 표정은……, 어째서인지 기쁜 듯이 웃는 것처럼 보였다.

……결국 토우카는 화를 내지 않았던 걸까?

그건 대인 경험이 적은 내가 아무리 고민해도 알 수 없었다.

그렇다 해도.

'내일 또 봐요'라고 웃는 얼굴로 말하니까, 어째 마음이 싱숭생숭하네.

그렇게 생각하면서도 어쩐지 기쁜 기분이 드는 나는……, 결국, 성격이 단순한 거겠지.

12

주요 캐릭터?

다음 날 점심시간.

"유우지 선배~, 같이 점심 먹어요~!"

라고 말하면서 교실 문을 연 사람은 다름 아닌 토우카였다.

평소와 같은 모습이라 어제는 딱히 화나지 않았었구나 싶어 안심하는 나.

나는 그 목소리를 듣고 멈춰 서서 그녀 옆으로 이동했다.

"자, 항상 가던 장소로 갈까요~!"

웃는 얼굴로 말하는 토우카. 나는 고개를 끄덕이고 걸음을 옮기려다가….

"잠깐 괜찮을까?"

등 뒤에서 누군가가 말을 걸었다.

돌아보니 거기에는 이케가 있었다.

내가 대답하기 전에,

"안 괜찮아. 그보다, 학교에서는 말 걸지 말라고 했는데."

토우카가 무슨 민폐냐는 듯한 표정을 지으며 말했다.

곤혹스러운 표정을 감추지 못하는 이케에게 나는 물었다.

"무슨 일이야?"

"우리도 점심 같이 먹어도 될까? 두 사람한테 할 얘기가 좀 있거든."

온화한 목소리로 이케가 말했지만,

"하? 의미를 모르겠는데. 싫어, 진짜 무리니까."

곧바로 대답하는 토우카.

……이것도 '오빠를 질투시키기 위한 작전' 중 하나일까.

하지만 그런 것치고는 너무 공격적이지 않나?

"응? ……우리?"

이케의 말에 걸리는 구석이 있어 나는 다시 물었다.

"응."

이케가 고개를 끄덕이자 등 뒤에서 한 여학생이 나타났다.

"나, 나야!"

밤색 단발머리를 찰랑거리며 나타난 이케의 소꿉친구, 하사키 카나였다. "……어째서 하사키 선배까지 들러붙는 건데요, 진짜 의미를 모르겠는데요."

불만을 노골적으로 드러내는 토우카에게 하사키는 대답

했다.

"두, 둘이 정말로 건전하게 교제하고 있는지······, 내가 제대로 확인하려고 그래!"

"네? 그거 하사키 선배랑, 상관없는 일이잖아요? 그보다 어째서 우리가 그런 걸 남한테 확인받아야 하는데요~?"

토우카는 무슨 어이없는 소리냐는 듯이 어깨를 으쓱하고는 바보 취급하듯 말했다.

꽤 온도차가 심한 대화다.

"사, 상관 있어! 토, 토우카쨩도, 걱정이고! 그, 그리고, 토, 토토, 토모키 군도!"

내 쪽을 흘끔 살피는 하사키.

눈이 마주치자 금세 황급히 피했다.

아마 내가 토우카에게 파렴치한 짓을 하지는 않는지 신경이 쓰이겠지.

토우카는 하사키의 말에 조금 신경질적인 말투로 대꾸했다.

"어~, 하사키 선배가 걱정할 이유는 전혀 없다고 생각하는데요? 그것보다, 평범하게 짜증나는데요?"

그 말에, 으으, 하고 작게 신음하며 한 걸음 물러서는 하사키.

어째서인지 이케는 하사키를 변호해줄 마음이 없는지

가만히 보고만 있었다.

그렇게 되면 하사키의 편이 아무도 없게 된다. ……그건 왠지 딱하다는 생각이 들었다.

"괜찮지 않을까? 난 별로 신경 안 써."

나는 이케와 하사키를 보며 그렇게 대답했다.

그러자 의외라는 표정을 지으며 하사키가 중얼거렸다.

"어, 괜찮을…까?"

나는 말없이 고개를 끄덕였다.

기쁜 듯이 "아자~!"라고 하사키는 중얼거렸다.

"고마워."

이케는 시원스럽게 웃으며 그렇게 말했다.

"자, 잠깐만요, 선배?! 멋대로 정하지 말라구요!"

불만스러운 표정을 조금도 감추려 하지 않고, 토우카는 나에게 항의했다.

"그렇게 질색할 필요는 없잖아? 게다가 지금 하사키한 테 인정을 받아두면 앞으로도 귀찮은 일 없을 테니까."

내가 그렇게 말하자 어째서인지 하사키가 충격을 받은 표정을 지었다.

이케는 어이없다는 듯이 어깨를 으쓱했다.

"……알겠어요, 선배가 그렇게까지 말한다면 특별히, 오늘만이에요."

"고마워, 토우카."

내가 그렇게 말하자 흥, 하고 고개를 돌리는 토우카.

아쉽지만 조금이긴 해도 그녀의 기분을 상하게 한 듯했다.

☆　☆　☆

그리고 평소처럼 중앙정원에 가서, 평소보다 더한 시선을 느끼게 되었다.

생각해 보면 그럴 만도 하다.

모두가 동경하는 주인공 이케.

그 이케의 여동생이자 의사소통능력 발군에 화려한 용모로 주목을 끄는 토우카.

이케의 소꿉친구이자 아이돌급 외모를 자랑하는 테니스 소녀, 토우카.

그리고 학교 제일의 악당 취급인 나.

……나만 엄청나게 이 자리에서 붕 뜨는 느낌이었다.

"토, 토우카쨩이랑 밥 먹는 거, 어쩐지 오랜만이네~. 초등학생 때는 매번 같이 먹었는데!"

"……그보다 대화하는 것 자체가 오랜만이죠."

"아, 아하하. 그러네. 그래도 토우카쨩은, 자주 지켜보고 있었다구."

"보고도 말을 걸지는 않은 거군요~."

"아하하……."

아무래도 하사키는 토우카에게 상당히 미움받는 모양이다.

이케에게 손을 대는 적이라고 생각하는 걸까?

난처한 듯이 웃은 후에, 침묵이 흘렀다.

하사키는 슬픈 표정을 지으면서,

"하, 하루마…."

곧바로 이케에게 도움을 요청했다.

하아, 하고 이케는 일단 한숨부터 쉬더니,

"카나는 중학교 때 테니스 실력이 단숨에 늘어서 대회 출장하느라 상당히 바빴거든. 게다가 토우카가 카나를 피해 다니니까, 대화가 점점 줄어든 거잖아?"

그렇게 토우카를 타이르듯 말했다.

"하? 딱히 피한 적 없는데. 자의식과잉재수없어. ……그보다 학교에서는 말 걸지 말라고 했잖아."

토우카는 그쪽을 흘끔 보더니 전력으로 이케를 거부했다.

이케는 한순간 슬픈 표정을 지었지만 내 시선을 깨닫고 난처한 듯 애매하게 웃었다.

그 표정을 보니 어떻게든 두 사람을 화해시켜주고 싶다는 생각이 들었다.

……하지만 대체 어떻게 해야 할까.

내가 말없이 생각에 잠겨 있으려니,

"저, 저기! 토, 토모키 군!"

상기된 목소리로 하사키가 말을 걸었다.

"응, 왜그래?"

내가 하사키를 보자 그녀는 새빨개진 얼굴로 시선을 피했다.

……얼굴이 험악해서 미안해, 딱히 노려보는 건 아니야. 라고 마음속으로 사과했다.

"두, 두 사람은, 정말로 사귀고 있는 거야?!"

하사키가 그런 질문을 날렸다.

꽤 예리한 질문이다.

우리는 딱히 사귀는 관계는 아니다.

가까이에서 보고 사귀지 않는 게 아닐까 하는 생각이 들었을 수도 있다.

"응, 사귀고 있어."

"하, 하지만……, 전혀 그런 식으로 안 보이는데."

내 대답에 의심스러운 반응을 보이는 하사키.

"하아? 하사키 선배 눈은 장식이예요오? 저랑 유우지 선배는 초절러브러브 닭살 커플이거든요~? 그죠, 유우지 선~배?"

전력으로 도발하는 토우카.

그러자 하사키의 표정이 딱딱하게 굳었다. 그야 지금 건 꽤 발끈했을 것이다.

솔직히 나도 발끈하는 그 기분은 이해가 간다.

"그, 그렇다면! 키, 키, 키……, 키스! 키스 정도는, 지금이 자리에서 할 수 있겠지?!"

이건……, 가는 말이 험하면 오는 말도……, 라고 해야하나?

하사키는 발끈하더니 나와 토우카에게 그런 바보 같은소리를 했다.

만에 하나 진짜로 사귄다 해도, 할 수 있을 리가 없잖아.

여긴 학교라고….

"하아? 어째서 지금 이 자리에서 그런 짓을 해야 하는건데요~? 영문을 모르겠는데요~?"

"그, 그치만! 러브러브 닭살 커플이잖아?! 그렇다면 남의 시선은 상관하지 않고 키스 정도는 할 수 있지?!"

"……진심이세요-? 여기는 학교인데요-?"

"진심이야, 나는! 그러니까 너희도 진심을 보여줘!"

"으엑…."

하사키의 필사적인 표정에 토우카는 완전히 질색하는표정이었다.

"카나, 좀 진정해."

"하루마는 끼어들지 마!"

이케의 말은, 머리끝까지 열이 뻗친 하사키에게는 들리지 않는 듯했다.

나와 토우카가 키스를 할 때까지 하사키는 물러설 낌새가 없어 보였다.

나는 평범하게 걱정이 되었다.

하지만 딱히 우리는 사귀는 것도 아니니까, 키스를 할 수는 없다.

그렇다면 어떡하지……, 라고 생각했을 때.

내 자신이지만 너무나 뛰어난 변명을 떠올렸다.

"하사키, 미안하지만 토우카랑 키스는 할 수 없어."

내 말에 일단 토우카가 화난 듯이 '하아?'라고 내뱉었다.

그리고 이케가 의아하다는 표정을, 마지막으로 하사키가 기쁜 듯이 밝은 표정을 지었다.

"역시! ……어? 그게 무슨 말이야?"

하지만 기뻐한 것도 잠시.

이상하다는 듯이 고개를 갸웃거리는 하사키.

"무슨 말일 것도 없이, 나는 가벼운 마음으로 토우카와 사귀는 게 아니야."

내가 대답하자,

"어?"

"네?"

하사키와 토우카의 목소리가 동시에 들렸다.

"그러니까 나는, 토우카랑 진지하게 교제하고 있어. 손 정도는 잡은 적 있지만, 키스는 한 적 없어. ……토우카를 소중하게 대하고 싶으니까."

그 말에 하사키는 입을 헤 벌린 채로 굳었다.

내가 생각할 수 있는 것중에 가장 성실한 대답이다.

문제는 이게 거짓말이고, 전혀 성실함이 없다는 것 정도랄까.

내 말을 머릿속에서 곱씹는 중인지, 물음표가 가득 떠 있던 하사키의 표정은 재미있을 정도로 휙휙 바뀌더니.

……어째서인지 최종적으로는 새하얗게 질렸다.

내가 토우카를 진지하게 좋아한다는 게 그렇게 싫은가?

거기까지 생각이 미쳐 나는 가볍게 상처받았다.

한편 하사키는 어쩌냐면.

새하얘진 얼굴로, 당장이라도 눈물을 뚝뚝 흘릴 기세로 흐트러져 있었다.

"그, 그런 건……. 우, 으으읏. 하, 하루마 바보!!!"

그리고 그렇게 외치며, 그녀는 중앙정원에서 순식간에 뛰어서 사라져 버렸다.

"왜 나야……?"

하사키의 뒷모습을 바라보며, 납득이 가지 않는다는 표정을 지은 이케의 중얼거림이 내 귀에 들어왔다.

"저, 저기. 스스로 말해놓고도 부끄럽지 않은가요, 선

배?"

그때 내 옆에 있던 토우카가 살짝 나를 올려다보며 그렇게 물었다.

나는 자신의 발언을 곰곰이 떠올려 보았다…….

"우와, 엄청 부끄러…."

내가 대체 무슨 소리를 한 거지, 바보 아닌가?

너무나 창피해서 분명 오늘 밤에 잘 때쯤 갑자기 떠올라 이불킥을 하게 될 것 같다.

그런 내 대답에 토우카는 어이없다는 표정을 지으며 말했다.

"……하아. 하여간 바보네요, 선배는. 지금 엄청나게, 얼굴 빨갛다구요?"

"……시끄러워."

가볍게 한숨을 내쉬고서 그렇게 중얼거린 토우카의 뺨은.

부끄러움을 숨기는 것만으로도 버거운 나와 마찬가지로, 붉게 물들어 있었다.

☆　☆　☆

"……카나는, 일단 잊자."

이케가 먼눈을 하고서 그렇게 말했다.

"그, 그래."

하사키가 조금 걱정되는 건 사실이지만, 이케가 그렇게 말한다면 내버려두는 게 맞다고 생각했다.

그리고 토우카는 철저하게 이케의 말을 무시하면서 손에 든 샌드위치를 입에 물었다.

"다음은 내 이야기를 들어주면 좋겠는데."

"아, 그러고 보니 이케도 할 이야기가 있다고 했지."

내 말에 그는 가볍게 고개를 끄덕이더니 입을 열었다.

"이번 스터디 그룹 준비를 유우지가 도와줬으면 하는데, 부탁해도 괜찮을까?"

"스터디 그룹? 뭐야 그게?"

이케의 말에 토우카가 물었다.

"골든위크 첫 날에, 신청한 신입생을 대상으로 학생회가 주최하는 학습 강의야. 선배가 후배한테, 혹은 동급생끼리 서로 공부를 가르쳐주면서 학습에 대한 이해와 학생 간의 친목을 도모하려는 목적이지."

"우와, 시시해보여. 나는 절대로 가고 싶지 않아."

무표정하게 말하는 토우카에게 이케는 입꼬리를 씨익 끌어올리며 말을 이었다.

"……라는 건 표면적인 거고, 학생회에서 신입생한테 1학년 정기고사 기출문제를 배포하고 시험 경향과 수업 노하우를 전하고 나면, 체육관에서 경음악부의 미니 라이브

나 요리부가 대접하는 요리를 먹는 이벤트가 있거든. ……
신입생을 환영한다는 의미의 가벼운 축제나 마찬가지지."

이케는 자랑하듯 말했지만.

"헤에ー. 귀찮아보여ー. 그보다 학교에서는 말 걸지 말라
고 했잖아."

토우카의 대응은 싸늘했다.

모든 설명을 다 듣고 나서도 그런 무자비한 대답만 할
뿐이었다.

……그건 좀 아니잖아. 이케조차 여기에는 실망한 표정
을 숨기지 못했다.

"알았어, 도와줄게."

내 대답을 듣고 이케는 부드럽게 웃었다.

"그래. 항상 고마워. 이벤트 일주일 전부터는 방과 후에
시간을 비워주면 좋겠어."

"하아!? 당연히 안 되죠! 우리는 연인이니까 방과 후에
는 착 달라붙어서 러브러브해야 한다구요. 도와줄 여유따
위 없으니까요!"

물론 토우카는 분노를 노골적으로 드러냈다.

내가 마음대로 이케의 일을 돕는다는 게 어지간히 불만
인 모양이었다.

"미안해, 토우카. 이케의 부탁은 거절할 수 없어."

"그, 그런 게 어딨어요…. 여자친구인 저보다도 오빠의

부탁이 더 중요하다는 건가요?"

불안한 표정으로 토우카가 물었다.

애초에 여자친구가 아니잖아, 라고 말하고 싶었지만 여기에는 이케가 있으니까.

경솔한 소리는 참아야 한다.

"그거랑 이건 별개 문제야."

분한 표정을 짓는 토우카에게 계속해서 말했다.

"게다가 입학한 후로 토우카는 거의 매일 점심시간이랑 방과 후에 나하고만 있지? 동급생하고도 시간을 보내면서 친목을 다져도 괜찮지 않겠어?"

"됐어요, 그런 건. 저는 귀엽고 성적도 좋고 대화 능력도 뛰어나서, 이미 교내 인기인 지위를 완벽하게 다져 놨거든요. 그보다, 그런 행동을 했다간 폭주하는 남자애들로부터 엄청나게 고백받아 버리고 말거라구요?"

자신만만하게 대답하는 토우카.

나와는 사는 세계가 너무 달라서 상상조차 되지 않는다.

"자기 입으로 말하다니, 정말 대단하네⋯."

"사실이니까요."

흥, 하고 코웃음을 치는 토우카.

곤란해진 나는 도움을 요청하듯 이케 쪽으로 시선을 옮겼다.

이케도 난처하게 웃으면서 토우카에게 말을 걸었다.

"미안해, 토우카. 유우지는 좀 빌려갈게."

"하아? 망할 오빠한테 사과받을 이유는 없거든? ……그보다 선배. 정말로 도울 생각이에요?"

"응, 그럴 생각이야. 그러니까 그동안은 이제까지처럼 방과 후에 함께 하교할 수 없겠다. ……미안."

내 말에 토우카는 한숨을 푹 내쉬었다.

그리고 지긋지긋하다는 표정을 지으면서,

"정말이지, 알았다고요! 너무 귀찮아서 죽어버릴 것 같지만, 저도 그거 도울테니까요!"라고 그녀는 말했다.

"에?"

"뭐?"

나와 이케는 그녀의 말에 놀라면서 동시에 그런 말을 내뱉었다.

"괜찮겠어? 원래는 신입생 환영 이벤트니까, 운영에 관여할 필요는 전혀 없는데?"

이케가 토우카에게 설명하자,

"뭐야? 학생회도 아닌 선배한테는 도와달라고 했으면서, 내가 돕는 건 곤란하다는 거야?"

토우카는 이케를 험악한 시선으로 노려보며 물었다.

그 말을 들은 이케는 흠, 하고 생각하더니 대답했다.

"곤란하지 않아. ……토우카만 좋다면야 꼭 도와주면 좋겠어."

"하지만, 정말로 괜찮아?"

이케의 말에 이어, 나는 토우카에게 물었다.

이걸 도와준다고 무슨 메리트가 있다는 걸까? 나로서는 전혀 알 수 없었다.

"그치만, 그렇게 안하면 선배랑 함께 있을 수 없잖아요. 게다가 제 남친인 선배가 운영을 돕는데 제가 참가하지 않는다면, 그것도 뭔가 좀 부자연스럽잖아요?"

"……그렇게까지 해서 함께 있지 않아도 되잖아? 점심 시간까지 거기에만 매여 있진 않을 것 같은데. 게다가 당일에만 참가하면 딱히 부자연스러울 건 없어."

나는 토우카의 설명에 납득하지 못하고 다시 물었다.

기껏해야 일주일, 방과 후에 가짜 연인 관계를 어필하지 못하는 것뿐이다.

내 말을 들은 토우카는 조금 화난 표정을 지은 후에, 크게 심호흡을 했다.

그리고 활짝 웃는 표정을 만들어,

"유우지 선배도 차암~! 이~렇게 귀여운 여자친구가 함께 일을 돕고 싶다고 말하는 게, 그렇게 안 될 일인가요? 저, 너무 슬퍼요."

라고, 아양 떠는 달콤한 목소리로 말했다.

참고로 사랑스러운 웃음을 짓고는 있지만, 눈에는 웃음 기가 전혀 없었기에 정체불명의 박력이 느껴졌다.

"……알았어, 영광이지. 남친으로서 너무 행복하군. 그럼 우리 같이 열심히 일을 돕도록 하자."

"고마워, 토우카. 잘 부탁한다."

이케의 말에 토우카는 시시하다는 듯이 어깨를 으쓱했다.

"별로? 망할 오빠를 위해서 돕는 게 아니니까, 착각하지 마."

알기 쉬운 츤데레 대사를 내뱉는 토우카.

하지만 그 표정과 목소리는 내가 상상하는 츤데레 캐릭터와 한참 다른 상당히 차가운 인상이었다.

"뭐, 아무튼 저도 열심히 도와 볼게요. 잘 부탁드려요, 선~배?"

나를 살짝 올려다보며 즐겁게 말하는 토우카를 보고, 나는 드디어 깨달았다.

작업 보조에 참가하는 편이 나와 함께 있는 모습을 어필하기 쉽다.

……과연, 그러는 편이 확실히 이케의 질투심을 자극하는 데에는 효과적이겠구나.

"나야말로. ……살살 부탁해."

내가 긴장해서 대답하자 토우카는 어리둥절한 표정을 지으며 고개를 갸웃거렸다.

☆　☆　☆

　그리고 다음 주 방과 후.

　"유우지, 그럼 오늘부터 작업 잘 부탁한다."

　"그래."

　이케와 약속한 대로 오늘부터 학생회 업무를 보조하게
되었다.

　둘이서 나란히 교실을 나서려다가 도중에 하사키와 맞
닥뜨렸다.

　그녀는 눈이 마주치자 퍼뜩 놀란 표정을 짓고는,

　시선을 피했다.

　……저번 일 이후로 계속 이런 느낌인 걸 보아하니 꽤
심하게 미움받고 있는 모양이다.

　그렇게 생각하고 있자니,

　"잠깐 괜찮을까, 토모키 군."

　의외로 고개를 숙인 하사키 쪽에서 말을 걸어 왔다.

　나는 무슨 일일까 싶어 반응해 보았다.

　"뭔데?"

　내 대답에 깜짝 놀라 몸을 떨었다.

　그러더니 머뭇거리듯 눈동자를 어지럽게 움직이다가,
내 옆에 선 이케에게 시선을 보냈다.

　한편 이케는 어이없다는 듯이 어깨를 으쓱하더니,

"여기에 서 있으면 교실에서 나가는 사람들한테 방해가 되니까, 구석으로 이동하자."

주위를 둘러본 후에 그렇게 말했다.

반 아이들 몇 명이 아직 교실에 남아 있었기 때문에, 이케의 말대로 구석으로 이동했다.

그 후로,

"카나, 유우지한테 할 말 있지?"

이케가 하사키에게 말을 재촉했다.

그녀는 그 말을 듣고서야 결심했는지 천천히 고개를 들고 입을 열었다.

"……저번에는 미안했어."

그렇게 말하고 고개를 숙이는 하사키.

솔직히 나는 토우카에 관한 일로 또 한소리 들을 거라고 생각해 긴장하고 있었기에, 그 말이 무슨 의미인지 이해할 수 없었다.

"미안하다니, 그게 무슨 소리야?"

"토우카쨩이랑 토모키 군한테, 내 눈앞에서 키스하라고, 말한 거."

뺨이 달아올라 새빨개진 와중에도 그녀는 말을 이었다.

"변명 같은 소리가 되겠지만, 그때는 너무 흥분했거든. ……교내에서, 게다가 남들 앞에서. 토우카쨩을 소중하게 생각하는지 어떤지와는 별개로, 상식적으로도 못 하는 게 당연해. ……지금은 반성하고 있어. 정말 미안해."

"그렇겠지."

고개를 숙인 그녀에게 가벼운 말투로 이케가 대답하자, 하사키는 원망스럽다는 표정을 지었다.

나는 그녀가 무엇에 대해 사과하는 건지 몰라서 이렇게 대답했다.

"나는 별로 신경 안 써. 하지만 토우카한테는 나중에 사과해 주면 좋겠어."

내 말에 하사키는 힘없이 웃었다.

대체 왜일까? 그렇게 생각하고 그녀에게 시선을 보내자,

"오늘 아침에 토우카쨩을 만나서 지금처럼 사과했거든. 그랬더니 지금의 토모키 군이랑 비슷한 말을 들어서."

그 말을 듣고서 나는 납득했다.

확실히 토우카도 비슷한 말을 할 것 같다. ……비꼬는 말 한두 마디를 덧붙였겠지만.

하사키의 입장에선 토우카의 연인으로 인정할 수 없는 내가 의외로 그녀와 같은 대답을 했으니 마음이 복잡할 것이다.

"그렇구나. 그럼 이젠 그런 일로 고민하지 마. 나로서도 오해가 풀려서 안심했으니까."

나는 그렇게 말하자 하사키는 천천히 고개를 가로저었다.

그러더니 나를 똑바로 바라보고, 입을 열었다.

"나는, 이번 일에 대해선 스스로도 태도가 나빴다고 생각해. 하지만 토모키 군이랑 토우카쨩의 관계에 대해서는 아직……, 내 마음도 제대로 정리되지 않았고, 납득도 못하고 있으니까."

"……뭐?"

굳은 목소리로 하사키가 한 말에, 나는 얼빠진 대답밖에 할 수 없었다.

"그러니까, ……다음에 또. 제대로, 대화해 줄래?"

진지한 표정과 촉촉한 눈망울.

그녀는 나를 똑바로 바라보며 대답을 기다리고 있다.

이 필사적인 모습을 보니…….

하사키가 정말로 토우카를 소중히 생각한다는 게 전해졌다.

"그래, 언제든 괜찮아."

그녀의 마음을 충분히 이해한 나는, 천천히 고개를 끄덕이며 대답했다.

내 말에 그녀는 어딘지 쓸쓸해 보이는 표정을 지으면서,

"불러 세워서 미안. ……그럼."

이라는 말을 남기고 교실 출구를 향해 걸음을 옮겼다.

나와 이케가 그 뒷모습을 바라보고 있자니, 이미 교실 밖으로 나간 하사키가 고개를 돌려 이쪽을 바라보았다.

"그러고 보니 토모키 군. 스터디 이벤트 일을 돕는다면서? 나는 테니스 연습 때문에 못 가지만……, 힘내. 응원할 테니까."

생각지 못한 말을 듣는 바람에 동요하며 "으, 응."이라고 대답하는 나를 보고, 그녀는 안심한 듯한 표정을 지었다.

"그럼, 바이바이."

마지막으로 하사키는 부드럽게 웃으며 손을 흔들고 시야에서 사라졌다.

사과한 후에 나와 토우카의 관계를 납득할 수 없다고 선언하더니, 마지막에는 웃으면서 응원을 해주는 하사키. 결국 그녀는 나를 어떻게 생각하는 걸까, 하고 말없이 고민하고 있자니.

"그렇게 심각하게 생각할 필요 없어. 카나는 유우지를 싫어하는게 아니야."

표정에 드러난 걸까? 이케가 내 어깨를 두드리며 그렇게 말해 주었다.

"그런가. ……그렇다면 다행이지만."

"분명 다 잘 될 거야. ……자, 그럼 슬슬 학생회실로 가볼까."

내 말을 듣고 상냥한 웃음을 지으며 이케가 말했다.

하사키와 관계가 잘 된다고 해도 나와 토우카가 가짜 연인 관계를 유지하는 이상, 이 어색함은 사라지지 않을 것 같은데…….

그런 생각은 입 밖으로 내지 않고, 나는 이케의 말에 고개를 끄덕이며 함께 학생회실로 향했다.

☆　☆　☆

"타나카 선배, 스즈키. 좀 늦었네요. 죄송합니다."

학생회실에 도착하자 이미 두 남녀가 있었다.

이케가 고개를 숙이자 그 둘은 방긋 웃으며 손을 흔들고 괜찮다고 대답했다.

"유우지, 서기인 타나카 선배랑 회계 담당인 동급생 스즈키야."

이케는 그 둘을 나에게 소개했다.

"얼굴 보는 건 처음이지? 언제나 학생회 일을 도와줘서 고마워. 난 3학년 타나카라고 한다."

성격이 좋아 보이는 안경을 쓴 남학생, 타나카 선배가 나에게 웃으며 인사를 건넸다.

"사실은 더 빨리 고맙다는 말을 해야겠다고 생각했지만, 좀처럼 기회가 없어서 이렇게 됐네. 같은 2학년인 스즈키라고 해. 잘 부탁해."

얌전한 인상의 여학생 스즈키도 웃으며 나에게 말했다.

"어, 아, 으응……, 잘 부탁합니다."

나는 동요를 감추기 힘들었다.

악평이나 유언비어를 잔뜩 들었을 텐데도 이 두 사람은 나를 보며 웃어주는 것이다.

나는 이게 어떻게 된 일인가 해서 이케를 보았다.

그러자 그는 만족스러운 표정으로 웃었다.

"아, 스즈키. 타케토리 선배는 아직 안 왔어?"

"응, 마키리 선생님 일을 돕는다고 했으니 교무실에 있지 않을까?"

"그렇구나. 그럼 나도 잠깐 교무실에 다녀올게."

그 말만 하고 이케는 학생회실 밖으로 나가려 했다.

"이케, 잠깐만."

나는 이케를 불러 세웠다.

여기에 혼자 남겨졌다간 나는 제정신을 유우지할 자신이 없다.

"안심해. 해야 할 일은 타나카 선배가 설명해줄 거야. 그리고……."

입가에 웃음을 띠고서 이케는 말을 이었다.

"학생회 임원들은 모두 네 편이야."

이케는 그렇게 말하고 무정하게 학생회실에서 나가 버렸다.

……내 편.

그런 말을 들어도 와 닿지 않는다.

이제까지 유우지와 마키리 선생님 이외에는 그렇다고 말할 수 있는 존재가 없었으니까.

"이케 군의 말대로니까 안심해도 괜찮아. 우리는 네가 항상 성실하게 학생회 일을 도와줬다는 걸 아니까, 근거도 없이 무서워하지는 않아."

"그래, 타나카 선배가 말한 대로야. 그야, 역시 얼굴은 무서우니까 익숙해지기 전엔 움츠러드는 일도 있을지 모르지만, 그건 너그럽게 넘어가 줘."

두 사람은 나에게 그렇게 말했다.

그 태도에서는 공포감이 전해지지 않았다.

······나는 거기에 감동했다. 엄청나게 기뻤다.

그리고 이때, 나는 이케가 그렇게 학생회 일을 도와달라고 했던 목적이 여기에 있었다는 걸 깨달았다.

······역시 이케한테는 못 당한다.

"······네."

사람들에게 받아들여진 기쁨을 전하려 했지만, 말이 똑바로 나오지 않았다.

나는 시시한 대답만 할 뿐이었다.

"그럼 해줬으면 하는 일을 설명할까 하는데."

타나카 선배가 입을 열었을 때.

"안녕하세요~, 실례합니다~!"

밝은 목소리로 외치면서 학생회실에 토우카가 들어왔다.

토우카는 학생회실에 있는 우리 셋을 둘러보더니,

"……하으에!? 선배가 오빠 이외의 사람이랑 아무렇지 않게 대화하고 있어? 헉, 혹시! 선배가… 아닌 건가?!"

"대체 뭔 소리야?"

노골적으로 경악하는 토우카에게 나는 어이없어하면서 딴죽을 걸었다.

"그러게요. 이렇게 무서운 얼굴을 한 고등학생이, 유우지 선배 말고는 없겠죠♡"

데헷, 하고 혀를 내미는 토우카.

말이 너무 심하잖아, 어이.

그런 나와 토우카의 대화를 보던 타나카 선배가 그녀를 바라보며 말했다.

"아, 네가 이케의 여동생이구나. 반갑다, 3학년 타나카라고 해. 소문은 많이 들었어. 올해 입학시험 성적 1등이었다며? 역시 이케 군의 여동생다워."

"이케 군의 여동생도 도와준다니 마음이 든든하네. 나는 2학년 스즈키야. 잘 부탁해."

둘은 나에게 지었던 것과 똑같이 웃는 표정으로 토우카에게 인사했다.

한편 토우카는 "아하~, 잘 부탁드려요~!"라고 말하면서 겉으로는 웃고 있었지만, 눈빛은 완전히 굳어 있었다.

"그런데 어떤 일을 도우면 될까요?"

곧바로 화제를 바꾸는 토우카.

그 질문에 타나카 선배가 설명을 시작했다.

"두 사람한테 부탁하고 싶은 건 단순 작업이야. 인쇄실에서 기출 문제지를 복사해서 과목별로 스테이플러로 찍는 거지."

"그거 뿐인가요~? 왠지 쉬워 보이네요~."

"신청자……, 라고는 해도 참가자가 200명 가까이 되는데다 5과목의 지난 3년치 분량을 복사해야 하니까 생각보다는 만만치 않은 일일 거야."

시선을 피하면서 스즈키가 대답했다.

"괜찮아요! 만만치 않은 일이어도 의지가 되는 선배가 있으니까요. 그렇죠, 유우지 선배?"

토우카는 그렇게 말하며 웃는 얼굴로 나를 보았다.

이 녀석, 딱 봐도 나한테 다 떠넘길 생각이잖아…….

"그러게, 토모키 군이 있으면 걱정할 게 없지. 그럼 곧바로 인쇄실로 가서 복사를 시작해 줄 수 있을까? E반만 아직 신청자 조사결과를 받지 못해서 인원이 확정되지 않았지만, 일단 인쇄부터 시작해 줘."

"어~, E반이면 저희 반이네요~? 확실히 신청자는 조사해 두었을 텐데요?"

"그렇구나. 각 반 반장한테는 오늘까지라고만 말해두었으니까 슬슬 오겠지. 받으면 내가 곧바로 인쇄실로 전달하러 갈게."

"네~, 알겠습니다아! 그런데 복사할 기출문제가 어느 건가요?"

그녀의 질문에 "아, 미안. 이걸 복사해 주면 돼."라고 바구니에 든 상당한 양의 종이다발을 나에게 건넸다.

"그리고 이게 복사기 사용방법이랑 각 반 참가자 수를 정리한 내용이야."

스즈키가 종이 한 장을 토우카에게 건넸다.

"양을 생각하면 아마 하루 이틀로는 안 끝날 테니까 너무 초조해 하지 말고 작업해 줘."

타나카 선배의 말에 나와 토우카는 고개를 끄덕였다.

"그럼 곧바로 다녀오겠습니다아~!"

토우카는 둘을 향해서 그렇게 말했다.

나도 일단 고개를 숙이고 학생회실을 나가려다가….

"실례합니다. ……어, 어라? 토우카. 어째서 네가 학생회실에 있어?"

조금 기가 세 보이지만 누구도 부정할 수 없는 미청년이 상쾌하게 웃으며 문을 열고 모습을 드러냈다.

"아, 카이 군! 볼일이 좀 있었거든~. ……그보다 스터디 이벤트 신청자 조사, 우리 반이 제출 꼴지라는데? 위원장으로서 직무태만 아니야!?"

"미안해, 앞으로 조심할게."

아무래도 토우카네 반장인 모양이었다.

그건 그렇고, 방금 전이나 지금의 대화를 들어보면 토우카는 정말로 나나 이케와 대화할 때를 제외하면 철저하게 가면을 쓰고 생활하는구나.

상당히 붙임성이 좋다.

"제출이 늦어서 죄송합니다."

토우카에게서 시선을 돌리고 사과하면서 타나카 선배에게 신청자 조사결과를 건넨, 카이라고 불린 남학생.

사과하는 모습도 상쾌하다.

타나카 선배는 "신경 안 써도 돼, 늦은 것도 아닌데, 뭘."이라고 대답했다.

카이는 안심한 표정을 짓고, 그제야 처음으로 내 쪽을 보았다.

그 상쾌하던 미소가 단숨에 무너졌다.

"토모키…… 서, 선배. ……어째서, 여기에."

카이는 어두운 목소리로 그렇게 중얼거렸다.

그 시선은 언제나 나에게 향해지는 눈빛처럼 공포나 혐오감이 담긴…….

……게 아니었다.

카이는 강한 분노를 품은 눈빛을 나에게 보내고 있었다.

"왜?"

나는 그 시선을 받아 카이에게 말을 걸었다.

당연히 시선을 피할 줄 알았는데, 카이는 그래도 계속 나를 노려보았다.

"……어째서, 선배가 여기에 있는 거죠?"

카이는 다시 나에게 물었다.

……괜찮은 근성을 갖고 있군. 아니, 나쁜 뜻이 아니라.

나와 눈이 마주치면 눈을 깔고 무조건 사과만 하는 인간들이 수두룩하다. 그래놓고 뒤에서 나를 험담한다.

대놓고 적의를 드러낸다고 해도, 정면에서 그렇게 해주는 만큼 나로서는 상대하기 쉽다.

나는 카이의 질문에 대답하려 했지만,

"오빠한테 도와달라고 부탁받은 나 때문에 유우지 선배도 함께 돕고 있는 거야! 내 남친 상냥하지~?"

내가 입을 열기 전에 토우카가 그렇게 말했다.

"뭐? 토우카가 도와준다고? 어째서 그런 일을…."

"몰라~. 난 오빠한테 부탁받았을 뿐이야~. 그럼 카이 군. 우린 이제부터 일하러 가야되서~."

토우카는 그렇게 말하고는 내 팔을 잡아끌고 복도로 나왔다.

카이는 등 뒤에서 토우카에게 말을 걸었다.

"자, 잠깐만 기다려 줘, 토우카!"

"바이바이~, 그럼 내일 보자!"

토우카가 그렇게 말하고, 우리 둘은 인쇄실로 향해 복도를 걸었다.

나는 뒤를 돌아보았지만 카이가 쫓아올 낌새는 없었다.

그저 가만히 나를 노려보고만 있었다.

"아−, 음침해−, 짜증나−."

토우카가 지긋지긋하다는 듯이 말했다.

"……그래? 꽤 담력 있는 착한 청년이던데."

"하아? 선배, 그거 진지하게 하는 소리예요?"

어이없다는 표정으로 그렇게 되물었다.

"물론이야. ……반은."

"반만으로도 충분히 이상하거든요~."

정말이지, 라고 토우카는 어깨를 으쓱하면서 말했다.

"……거짓말까지 해가며 도와줄 거라고는 생각 못 했어. 고마워."

난 그녀에게 그렇게 인사했다.

토우카가 학생회 일을 돕는 건 이케에게 부탁받았기 때문이 아니다. 나에게 말려들었을 뿐이다.

그런데도 그녀는 나에게 시비를 거는 사람을 보고도 모른 척하지 않고 도와주었다.

"……그야 고맙다는 소리 들어서 나쁠 건 없지만, 그 녀석이 짜증 났으니까, 말한 것뿐이에요."

"그랬구나. 그래도 고마워."

내 말에 토우카는 대답이 없었다.

부끄러워하는 걸까?

아니면 정말로 나를 도와줄 생각이 아니라 개인적인 원한에 불과한 건가?

그녀의 표정을 엿보아도 그건 알 수 없었다.

"그러고 보니 아까 그 녀석, 같은 반이라고 했지? 어떤 녀석이야?"

화제를 바꾸기 위한 내 질문에 장난스러운 웃음을 짓는 토우카.

"저도 다 알거든요~. 곧바로 그건가요? 언제 체육관 뒤편으로 불러낼지 계획을 세우려고 물어보는 건가요? 아니면 가족 구성원을 알아내서 약점이라도 잡으려고요?"

"정말로 나를 뭐라고 생각하는 거냐……."

나는 토우카의 말에 어이없다는 듯이 대답했다.

"농담이에요~, 반은."

반만으로도 충분히 이상하다고…….

"저 애는 1년 E반 위원장 카이 렛카. 상큼한 미청년에 남녀 누구에게든 거리감 없이 대하는 인기폭발남이에요. 소문으로는 입학한 지, 2주 만에 벌써 여자애 세 명한테서 고백을 받았다고 하더라고요. 게다가 입학시험 성적도 톱 레벨이고요. 대단하죠~."

"내 옆에 그런 인기남보다도 훨씬 대단한 녀석이 있지만."

"아이 참, 선배! 금세 그런 말로 저를 꼬드기려고 든다니까! 제가 너무 귀여운 게 문제라는 건 알고 있지만요? 조금은 때와 장소를 생각해 주세요♡"

토우카는 내 황당하다는 얼굴을 보고는 시시하다는 표정을 지었다.

"게다가 입부한 지 얼마 지나지 않아서 축구부의 에이스가 되었다는 얘기도 있고 커뮤니케이션 능력도 뛰어나요. 이미 1학년 카스트 톱으로 주위 사람들한테 인식되고 있는 것 같아요~."

"호오~, 꼭 1학년 때의 이케 같네."

용모단정, 문무겸비, 게다가 인망까지 있다.

이케만큼 압도적이지는 않지만 그래도 대단하다고는 생각한다.

"……정확히는 그 망할 오빠의 하위호환 같은 거죠."

"……신랄한 평가구만."

"타당한 평가라고 생각해요."

토우카는 시시하다는 듯이 하품을 했다.

"그런데 대체 왜 나를 다짜고짜 그런 눈으로 봤던 거지? 신입생한테 원망을 살 일은……, 한 적이 없는데."

"저 녀석이 저한테 반해버려서 선배를 멋대로 원망하는

거 아닐까요?"

"그걸 스스로 말하는 게 토우카답지만, 그게 가장 확률이 높겠지."

내가 말하자 토우카는 얌전한 표정을 짓고서 말했다.

"……선배, 인기가 너무 많아서 죄송해요."

"사과하는 내용이 대단하네."

애초에 그걸 사과라고 부를 수 있나?

"……제가 너무 인기가 많으면, 선배는 연인으로서 불안해지지 않나요?"

"그러게, 내 안전에 직결되는 문제니까 당연히 신경이 안 쓰일 수는 없지."

"딱히 기대했던 건 아니지만, 그 반응은 조금 열 받는데요~."

"그러게, 이럴 때는 연인으로서 '토우카는 인기가 너무 많아서 질투하게 된다니까'라고 말해두는 편이 나았으려나?"

"맞아요! 다른 사람이 있을 때 이런 이야기가 나오면 꼭 그렇게 대답해야 돼요! 하지만 실제로 얼굴이 험악한 선배한테 그런 말을 들으면……, 진짜 웃기겠지만요~."

꺄하, 하고 기쁜 듯이 웃는 토우카.

이 녀석은 정말, 성격이 참 좋구나. ……안 좋은 의미로.

"뭐, 저런 애는 내버려둬도 아무 문제 없어요. 실제로 무슨 일을 저지를 담력도 어차피 없을 테니까요~."

"……그럴, 지도."

토우카의 말에 나는 그렇게 대답했다.

확실히 실력행사에 나설 가능성은 낮을 것이다.

하지만……, 그 분노로 가득 찬 눈빛을 정면에서 마주본 나로서는 그가 아무것도 못 한다고 단정할 수 없었다.

대화를 나누다 보니 인쇄실에 도착했다.나는 기출문제지가 담긴 바구니를 일단 책상 위에 놓았다.

토우카는 지시사항이 쓰인 종이와 기출문제지의 내용을 비교하고 있었다.

"……아, 그런데 작년 스터디 이벤트는 어떤 분위기였나요?"

"난 참가 안 했으니까 몰라."

"우문이었네요."

우문이라고까진 말하지 마, 상처받잖냐…….

내심 침울해진 나이게 토우카는 귀여운 표정으로 웃었다.

"그러면, 올해는 운영 측이긴 해도 모처럼 참가할 수 있으니까, 즐거웠으면 좋겠네요."

"……시시한 것보다야 즐거운 쪽이 훨씬 낫겠지."

기출문제지 다발을 바구니에서 꺼내면서, 내가 했던 대

답은 어디에도 재미있을 구석이 없었지만, 그래도 토우카
는 다시 상냥하게 웃어주었다.

☆　☆　☆

　그리고 다음 날 방과 후.
　오늘도 나와 토우카는 인쇄실에서 기출문제지를 복사하
고 있었다.
　"……이거 대체 언제까지 해야 끝나는 걸까요~."
　토우카가 텅 빈 눈으로 나를 보며 물었다.
　그녀의 눈에서 빛이 흐려지는 것도 당연하다.
　왜냐하면 이 작업.
　……따분하고, 재미없고, 계속 움직여야 하고, 졸린다.
　즉, 빨리 끝났으면 좋겠다.
　"아마 오늘 중엔 안 끝나겠지."
　나는 스테이플러로 찍은 기출문제지 다발을 골판지 상
자에 넣고 나서 대답했다.
　"그러게요~. 하아, 이렇게 허무한 작업이 또 있을까.
청춘 낭비예요, 이런 건."
　으아앙, 하고 어깨를 축 늘어뜨린 토우카가 말했다.
　그런 소리를 하면서도 손으로는 스테이플러로 기출문제
지를 쉬지 않고 찍어대고 있으니, 의외로 성실한 녀석이

다.

원래는 하지 않아도 될 일을 나 때문에 함께 하고 있다.

금세 기어오르고, 은근히 상당한 빈도로 성가시게 굴고, 말은 거칠고 성격도 난폭하지만 역시 토우카는 좋은 아이다.

"……미안."

"네? 선배가 왜 사과하는지 이해가 안 되는데요~? 그보다 그 망할 오빠야말로 감히 저한테 이런 시시하고 졸린 작업을 떠넘긴 걸 사과해야 한다구요~."

"학생회 임원들은 강의 준비나 당일의 진행 상황을 확인해야 하니까 이런 단순 업무는 외주로 넘기는 게 당연하지."

"그런 게 무슨 상관이에요~? 그렇다고 해도 저는 사과를 요구하고 싶다구요~."

뻔뻔한 표정으로 투덜거리는 토우카.

아아, 여기에는 없는 이케가 불쌍해지려 한다…….

"아~, 저 잠깐 자판기에서 마실 거 사올게요!"

그렇게 말하며 토우카가 자리에서 일어났다.

"선배도 뭐 좀 마실래요? 사오는 김에 같이 사올게요."

"드문 일이네. 나를 부려먹지 않는 데다 자기가 먼저 내 몫까지 사준다고 말하다니."

"드물다고 말할 것까진 없잖아요. 아무튼 괜찮으면 그

냥 제 것만 사올게요.”

불만스러운 표정을 지으며 토우카는 나에게 말했다.

“미안, 실례되는 소리를 했네. 그럼 캔커피 사다 줄래?”

“하여간. 알았으면 됐어요. 아, 항상 무설탕 블랙으로 드시던데 오늘도 그거면 되나요?”

“그래.”

라고, 나는 토우카에게 대답하고 동전을 건넸다.

“휴우~, 잘나셨어~!”

동전을 받은 토우카는 즐거운 듯이 그렇게 말했다.

이 녀석의 발언을 대단한 실례라고 생각하는 나는 아마 틀리지 않았을 것이다.

“그럼 다녀올게요! 제가 자리를 비웠다고 해서 땡땡이 치면 안 돼요. 알겠죠?”

“그래그래. 다녀 와.”

내가 말하자 토우카는 “네-에.”하고 대답하고 인쇄실에서 나갔다.

이제까지는 토우카와 대화하며 작업한 탓에 깨닫지 못했지만, 지금은 복사기가 일정한 리듬으로 작동하는 철컹철컹 소리에 신경이 사로잡힌다.

……역시 졸린다, 이 작업.

자리에서 일어나 기지개를 펴고 잠기운과 싸울 각오를 하면서, 기출문제 복사지 다발을 든 내 귀에,

똑똑똑,

하고 문을 노크하는 소리가 들렸다.

토우카는 아닐 것이다. 아직 음료수를 사서 돌아올 만큼 시간이 지나지도 않았고, 애초에 그녀라면 노크를 하지도 않을 테니까.

인쇄실을 쓰러 온 다른 학생이나 교사일 것이다.

"네."

내가 대답하자 문이 열렸다.

그리고 인쇄실에 들어온 사람은 마키리 선생님이었다.

"이케 양도 있다고 들었는데, 토모키 군 혼자니?"

"그 녀석은 방금 마실 거 사러 갔어요."

"그랬니, 타이밍이 안 좋았구나……."

조금 껄끄럽다는 듯한 표정을 짓는 마키리 선생님.

타이밍이 안 좋았다니, 그건 무슨 뜻일까.

"……작업을 도와주는 두 사람을 위해 간식을 가지고 왔는데. 조금만 더 일찍 올 걸 그랬네. 그러면 음료수를 살 필요도 없었을 텐데."

그렇게 말하며 선생님은 손에 든 비닐봉지를 책상 위 적당한 자리에 놓았다.

거기에는 차 음료 두 캔과 가격대가 조금 높은 컵 아이스크림이 두 개 있었다.

"……받아도 되나요?"

"그럼. 이 작업, 꽤 힘들지?"

"뭐, 육체적으론 모르겠는데 정신적으로 꽤 지치네요."

"그럴거야. 아무튼 이건 이케 양이 돌아오면 둘이서 먹으렴."

"네, 감사합니다."

내가 인사하자 마키리 선생님은 온화하게 웃었다.

"괜찮아, 신경 쓸 필요 없어. 언제나 고마워. 학생회 아이들도 다들 같은 생각이야."

"……그냥 시간이 남아서니까요."

내 대답을 듣고 마키리 선생님의 웃음이 더욱 깊어졌다.

"요즘 학교 생활은 어떠니?"

"토우카도 그렇지만, 학생회 타나카 선배나 스즈키도 그렇고 제대로 대화를 해주는 사람이 늘었어요. 언제나 외모 때문에 기피당하기만 했으니 고마운 일이죠."

"그래. 그거 다행이구나."

"이것도 다 이케랑 마키리 선생님 덕분이에요."

내가 부끄러움을 참아가며 감사의 마음을 전하자, 마키리 선생님은 예상외로 살짝 화난 표정을 지었다.

"아니, 그건 지금까지 네가 진지하게 노력해 왔기 때문이야. 네 행동을 지켜봐 주는 사람은 분명히 있었고, 앞으로도 분명 늘어날 거야. 그건 내가 보증할게."

자신은 아무것도 하지 않았고 어디까지나 내가 해온 일

의 성과라고, 마키리 선생님은 그렇게 말씀하셨다.

너무나 고마운 일이라고 생각한다. 내가 이제까지 어떻게 행동했는지 제대로 봐주는 사람이 있다는 사실도 기쁘게 느껴진다.

그래도 나는 내 힘만으로 사람들에게 받아들여졌다고는 도저히 생각할 수 없었다.

"이케와 마키리 선생님이 저를 인정해 준 건, 역시 영향이 클 거에요."

"정말로……, 나는 아무것도 안 했어."

내 말을 듣고 마키리 선생님은 쓸쓸한 표정을 지었다.

"선생님?"

무슨 일 일까, 라고 생각해 물으려던 차에,

"다녀왔습니다~……. 어라? 마키리 선생님? 무슨 일 있어요~?"

드르륵, 하고 문을 열고서 토우카가 들어왔다.

"응, 우리 일을 도와주는 두 사람한테 간식도 주고 인사도 하려고 왔지. 고마워, 이케 양."

"어, 딱히 그 정도까지는 아닌데요. 인사까지 들을 일도 아니고요. 그보다, 와아~, 이 아이스크림 먹어도 되는 건가요? 선생님 최고~!"

토우카는 간식인 컵 아이스크림에 시선이 고정된 채 그렇게 말했다.

"물론 먹어도 되지. 이 정도밖에 해주지 못해서 미안해. ……그럼 나는 학생회실에 가볼게."

"네~."

마키리 선생님의 말에 토우카는 그렇게 대답하고 나도 고개를 숙였다.

그리고 곧바로 인쇄실을 나가는 선생님.

결국, 그 쓸쓸한 표정의 이유에 대해서는 물어보지 못했다.

"초코칩이랑……. 아, 또 하나는 새로 나온 맛이네! 선배, 이거 제가 먹어도 될까요?"

"그래."

"아자~!"

기뻐서 떠들어대는 토우카에게서 캔커피와 컵 아이스크림을 받았다.

"어라, 선배? 표정이 어두운데요? 역시 초코칩보다 이쪽을 더 먹고 싶었던 거에요? 하지만 안 돼요, 전 이미 먹어 버렸으니까요. 한 입 정도라면 드릴 수도 있지만……."

아무래도 내 표정이 그다지 석연치 않았던 모양이다.

신경이 쓰이는지 토우카가 그런 말을 해 왔다.

"신경 쓰지 마. 잠깐 뭣 좀 생각하느라 그런 거니까."

"네…엣? 선배가…, 생각? 안 어울리는데~……."

"나를 너무 바보 취급하잖아, 그 발언은."

"뭐, 아무 일도 없다니 다행이죠! 덕분에 안심하고 아이스크림을 만끽할 수 있으니까요♡"

토우카는 내 딴죽을 무시하고 아이스크림을 계속해서 먹었다.

행복한 표정으로 아이스크림을 먹는 모습을 보고 있으려니 내 독기도 자연스럽게 빠지게 된다.

……뭐, 마키리 선생님 문제는 지금은 넘어가자.

어쩌면 또 물어볼 기회가 있을지도 모르니까.

13
규탄

    그리고 스터디 이벤트 전날인 금요일 방과 후.

    내일부터는 골든위크 연휴*가 시작되기에, 스터디 이벤트와 상관없는 2, 3학년은 어딘지 느슨한 분위기였다.

    하지만 학생회 소속인 이케는 내일 있을 스터디 이벤트를 준비해야 하기에 그런 분위기와 전혀 인연이 없었다.

    "유우지, 오늘도 괜찮을까?"

    "응, 물론."

    이케의 부탁에 나는 고개를 끄덕였다.

☆　☆　☆

    교실 밖으로 나와, 인쇄실에서 복사해둔 기출문제지가 담긴 골판지 상자를 회수해 학생회실에 도착했다.

    학생회실에는 아직 아무도 오지 않았다.

    "복사 작업은 다 끝냈는데, 오늘은 뭘 도우면 돼?"

---

* 골든위크, 매년 5월 초순에 있는 일본의 긴 연휴. 황금연휴라고도 불린다

"복사지 운반까지 해줬으니 이제 미팅만 잠깐 하고 가."

어제부로 기출문제 복사는 마무리했으니 오늘 할 일은 다 끝난 모양이다.

"내일 체육관은 13시까지 운동부가 쓰기로 되어 있어. 그 후로 설치 작업을 하고 16시부터 이벤트를 시작할 거야."

"설치 작업 하는 멤버는? 학생회 임원은 신입생 대상으로 수업을 해야 하잖아? 아무리 그래도 혼자서는 무리야."

"당일날 운동부가 도와줄 거야. 특히 배구부는 의욕이 넘치더라고."

"오, 그래?"

"그래. 유우지는 13시쯤에 체육관으로 가서 설치 작업을 거들어 주면 좋겠어. ……너만 믿는다."

운동부가 설치 작업을 한다면 내가 가봐야 방해만 될 뿐 아닐까? 라고 생각했지만, 굳이 말하지는 않았다.

"……그래, 맡겨 둬."

이케가 의지해 준다는 게 나에게는 정말로 기쁜 일이었기 때문이다.

"일단은 그 정도야. 자세한 내용은 메시지로도 보내둘 생각이지만, 지금까지 들은 내용 중에 궁금한 건 없어?"

"응."

"그래. ……그럼 오늘은 여기까지야. 지금까지 도와줘

서 고마웠어. 그리고 내일도 잘 부탁해."

이케의 말에 나는 고개를 끄덕였다.

그리고 학생회실에서 나왔다.

복도로 나온 후에야, 그러고 보니 오늘은 방과 후에 토우카와 만나지 않았다는 걸 문득 떠올렸다.

작업은 어제로 끝났으니 오늘은 일찌감치 귀가했을지도 모르겠다.

그렇게 결론을 내리고 다음 전철 시간을 확인하기 위해 나는 스마트폰을 꺼냈다.

그리고 몇 분 전에 토우카한테서 메시지가 와 있다는 걸 그제야 깨달았다.

대기 화면에서 나는 그 메시지를 보았다.

[귀찮은 일에 말려들었으니, 옥상으로 와서 구해주세요.]

☆　☆　☆

토우카의 메시지대로 나는 옥상으로 올라왔다.

대화하는 목소리가 문 너머로 들렸다.

눈앞에 있는 문을 열자, 그곳엔 토우카와… 아마 목소리로 추측하기에 카이. 이렇게 두 사람이 있을 것이다.

자세한 대화 내용까지는 모르겠지만, 분명 고백이라도

받고 있는 거겠지. 그렇다면 나는 이제부터 토우카의 남친 행세를 하면서 등장하면 되는 거다.

이게 원래 토우카에게서 요구받은 내 역할이니까.

미안하다, 카이.

진심으로 토우카를 좋아해서 고백까지 하고 있는데, 내가 방해해서.

마음속으로 후배에게 사과하면서, 나는 옥상으로 나가는 문을 열었다.

"그러니까 토모키랑은 헤어져 줘! 토우카!"

그리고 곧바로 카이가 토우카에게 고백하는 장면에 맞닥뜨리고 말았다.

"……그런 고백은, 조금 깨는데~. 미안해, 카이 군."

무뚝뚝한 목소리로 토우카가 말하자 카이는 고개를 가로저었다.

"토우카! 난 그냥 너를……?! 토모키 유우지, 선배……?! 어째서, 여기에?"

나를 먼저 눈치챈 건 카이였다.

아연한 표정을 지은 건 한순간뿐.

금세 증오가 가득 배어나오는 표정으로 나를 응시했다.

"아잉, 선배~! 어떻게 제가 옥상에 있다는 걸 알았어요? 아하, 혹시 이게 사랑의 힘, 이라는 건가요?"

카이의 시선을 따라 내 모습을 본 토우카는 그런 뻔뻔한 소리를 내뱉었다.

네가 오라고 해서 온 거잖아, 라고 생각했지만 적당히 분위기에 맞추기로 했다.

"……뭐, 그런 거지."

"아잉~, 멋져, 선배!"

그렇게 말하며 내 옆으로 달려오는 토우카.

그리고 작게 '너무 늦게 왔잖아요'라고 카이에게는 들키지 않도록 언짢은 표정을 지으며 중얼거렸다.

"……카이, 아무튼 그렇게 됐는데. 토우카한테 무슨 볼일이지?"

토우카의 기분이 더 나빠지기 전에 나는 주어진 역할을 다해야 한다.

카이는 내 말에 침묵으로 응했다.

"카이 군이 말이죠~, 유우지 선배 험담만 잔뜩 하더니~. 그리고, 저한테 선배랑 헤어지라고 말하더라고요~. 이런 고백 남자답지 않죠~? 완전 꼴사납다니까요~."

아무 대답도 하지 않는 카이를 대신해, 토우카가 손끝으로 내 교복 자락을 집고서 시시하다는 듯이 말했다.

"아니, 그런 뜻이 아니야! 나는 정말로 토우카를 걱정했을 뿐이야…!"

"걱정해줄 필요 전혀 없거든~? 나랑 선배는 초러브러브니까. 미안해~, 카이 군. ……가요, 선배."

최대한 빨리 여기를 벗어나고 싶은 거겠지.

토우카는 그 말만 남기고서 옥상에서 떠나려고 했다.

하지만—.

"토모키 선배가 얼마나 무서운 사람인지, 네가 몰라서 그래!"

카이가 그렇게 소리치자 토우카는 걸음을 멈췄다.

"……헤에, 카이 군은 선배를 잘 아나 보네. 그렇다면, 알려줄래?"

토우카는 무표정하게 말했다.

"그 사람은 사실은 폭력적이고, 잔인한 인간쓰레기야. 나는 작년 여름에 그 사람이 날뛰면서 수많은 사람들이 다치는 모습을 봤어. ……정말로 무서웠어. 어째서 이런 극악무도한 인간이 지금도 이 학교에 남아 있는지, 솔직히 이해가 안 가."

면전에서 이 정도의 말은 들어본 적이 없어서, 나도 놀랐다.

아니, 험담이나 뜬소문이라면 몇 번이나 더 지독한 소리를 듣기는 했다.

게다가 작년 여름이라면……, 솔직히 말해 나도 기억한다.

그때의 나를 보고도 도망치지 않고 똑바로 맞서는 이 녀석은, 상당한 담력의 소유자일 것이다.

"그러니까 그 사람은 그만두는 편이 좋아. 조만간 후회할 테니까……."

진지한 표정으로 토우카에게 호소하는 카이.

하지만 내 옆에 있는 토우카는 주먹을 꽉 쥐고 여전히 무표정을 유지하고 있었다.

그리고 조용하게 말했다.

"너한테, 유우지 선배의 뭘 안다는 거야? 사람을 겉모습만으로 판단하고, 내면은 전혀 보려고도 하지 않는 게, 뻔히 보이는데. 작년 여름에 봤다는 일도 난 모르지만. 어차피 선배가 자기랑 상관도 없는 성가신 일에 끼어들었다가 오해받은 것 뿐이겠지? 선배가 이유도 없이 폭력을 휘두를 사람이 아니라는 건, 나는 아주 잘 알고 있어."

……작년에 내가 얼마나 설명해도 이케와 마키리 선생님 이외에는 누구도 믿어주지 않았는데, 토우카는 사정을 듣지도 않고 알아주었다.

그 사실이, 나는 기뻤다.

"그런데 카이 군은, 자기 멋대로의 생각을 밀어붙여서 선배를 나쁜 사람 취급하잖아. 자신은 연약한 여자애를 구하는 정의의 사도 행세라도 하고 싶은 거야? 뭐야 그게……, 완전 열 받아. 완전 짜증 나. 완전 꼴불견. 완전 재수 없어."

"난, 그럴 생각은……윽!"

담담히 그런 말만 하는 토우카를 보고, 카이는 당혹감을 감추지 못하고 있다.

"입 다물어."

카이의 말을 조용히 가로막은 후에.

"내 남자친구를……, 더 이상 나쁘게 말하지 마."

토우카는 조용히, 하지만 강하게 말했다.

카이는 이제까지 보지 못한 토우카의 박력에 압도당해 입을 다물었다.

"……그 이전에, 정말로 나랑 선배를 헤어지게 하고 싶다면, 내가 아니라 일단 선배한테 말해야 하지 않아? 결국, 카이 군은 나를 생각해 주는 척하면서 자기만 생각할 뿐이잖아? 깨닫지 못하고 있을지도 모르지만, 카이 군은 그저 자아도취 나르시스트 자식 아냐? ……그런 거, 진짜 무리니까."

꽤 신랄한 말을 카이에게 퍼붓는 토우카.

당사자는 그 말에 놀란 표정을 지었다.

그러더니 결의가 담긴 표정으로 이런 소리를 했다.

"네 마음은 알겠어, 토우카. 이제까지 깨닫지 못해서 미안해. 그랬구나. 너는 처음부터 자신의 마음을 솔직하게 말하고 있었던 거야……."

"알았으면 당장……."

하아…, 하고 어이없다는 표정을 짓는 토우카의 말을 끊고, 카이는 하던 말을 계속했다.

"내가 위험에 말려들지 않도록, 일부러 거리감이 있는 말을 하고 있는 거야."

그 말에 토우카는 혐오감으로 가득한 표정을 지으며 차가운 목소리로 말했다.

"하아? ……진짜로 그 착각, 어떻게 좀 하는 편이 좋을 거야."

"알고 있어. 지금은 물러날게. 네 배려도 마음도 결코 헛되게 하지는 않겠어. ……난 반드시 너를 구해낼 테니까, 조금만 더 기다려 줘."

깨달음을 얻은 듯한 표정으로 카이는 우리 뒤에 있는 출구를 향해 걸어갔다.

토우카는 심하게 불쾌한 표정으로 혀를 차고 있었다.

카이는 이미 토우카를 보고 있지 않았다.

똑바로, 나에게 증오의 시선을 보내며 한 걸음씩 다가오고 있다.

그리고 스쳐 지나가는 순간.

"내일, 이 시간 이 장소에서. 절대로 도망치지 마라……."

토우카에게는 들리지 않게 내 귓가에 속삭였다.

카이는 그 후에 곧바로 문을 열고 옥상을 떠났다.

"완전 최악……."

문이 닫힌 후에, 토우카는 넌더리가 난다는 듯이 그렇게 중얼거렸다.

척 봐도 기분이 나빠 보였다. 카이가 내 험담을 했던 게 그렇게나 신경에 거슬렸던 걸까.

만약 그렇다면 꽤 기쁠 것 같다.

"……감싸 줘서, 나를 위해 화내 줘서, 고마워, 토우카."

조금 창피한 느낌도 들었지만, 나는 토우카에게 그렇게 고마움을 표시했다.

그러자 토우카는 다시 무표정해진 얼굴로 나를 보았다.

"……하? ……선배, 제가 저 자식한테 한 말 전부, 선배를 위해 말했다고 생각하세요?"

"전부인지 어떤지는 모르겠지만…, 나를 위해서 화내준 게 아닐까, 라는 생각은 하고 있어."

그 대답에 토우카는 아연한 표정을 지었다.

그 후에, 그녀는 잠시 말이 없다가 천천히 입을 열었다.

"대체 뭐예요, 그게…."

토우카가 갈라진 목소리를 쥐어짜내 혼잣말처럼 말했다.

마치 도움을 바라는 듯한 표정이 되어버린 토우카에게, 나는 무슨 말을 해야 할지 알 수 없었다.

14
본심

"⋯⋯열 받아."

이 자리를 메운 정적을 깬 건, 토우카의 중얼거림이었다.

그 말대로 엄청나게 신경이 곤두선 듯했다.

그녀가 화를 내는 상대. 그건 나인가, 아니면 카이인가.

아니면 혹시 양쪽 다⋯인가?

"제가 그렇게 말한 건 전부⋯ 제 일이기 때문이에요! 그러니까 저는 선배를 감싸는 척 하면서, 걔한테 화풀이를 한 거라고요!"

토우카는 그렇게 말하고 나를 바라보았다.

그 눈동자 안쪽에는 어두운 분노가 감춰져 있는 것처럼 보였다.

"겉모습이나 소문만으로 인식 당해서 누구도 내면에 관심을 가져 주지 않는 건 저도 마찬가지잖아요! 죄다 제 외모만 보고 호감을 품고서는 그걸 그대로 저한테 내밀죠. 심지어 여자애들까지도 오빠를 노리고서 저한테 접근한다구요. ……짜증 나, 기분 나빠, 귀찮아."

예전에 보았던, 토우카와 함께 등교하던 1학년 여자아이들이 문득 떠올랐다.

토우카 주변에는 언제나 그런 녀석들이 있을지도 모른다.

"저기, 선배. 그렇다면 제가 존재할 필요가 있을까요? 결국 그 '이케 하루마'의 여동생일 뿐이라면, 뭐든지 할 수 있고 모두가 존경하는 히어로의 여동생일 뿐이라면. …딱히 제가 아니어도 누구든 상관 없잖아요?"

토우카는 멈추지 않는다.

"그래서 저는 '제'가 되고 싶었어요. '이케 하루마'의 여동생이 아닌 '이케 토우카'가 되기 위해서 노력했다는 거예요. 오빠가 하던 스포츠, 오빠가 받던 예술 교육은 전부 저도 함께 했죠. 뭐든 좋으니까, 하나만이라도 좋으니까. 그 오빠한테 이기고 싶었거든요."

토우카의 말에는 우울한 심정이 담겨 있었다.

"……아무리 제가 열심히 노력하고 성과를 올려도, 오빠보다 뛰어난 결과를 낼 수는 없었어요. 그런 수준으로는 '역시 하루마의 여동생이다'라는 말을 듣는 걸로 끝났죠."

분명 그건, 누구에게도 말하지 못하고 혼자 담아둘 수밖에 없었던 마음이리라.

"그렇다면 공부 만큼은 질 수 없어. 전 그렇게 생각하고 최선을 다했어요. 자는 시간까지 아껴가며 오빠보다 우수한 성적을 낼 수 있도록 기를 쓰고 공부했죠. ······그래도 역시 안 되더라고요. 기껏해야 저는 이 학교 입학시험 1등 정도가 한계예요. 모의고사 전국 톱인 오빠한테는 비교도 못 하죠."

그녀는 이 열등감과 내내 마주해 온 것이다.

"그래도 가장 분했던 건. ······저는 노력의 양으로도 저는 오빠한테 이기지 못한다는 거예요. 제가 한계라고 생각할 정도로 노력해도, 오빠는 가볍게 그걸 넘어 믿기 힘든 수준의 노력을 하거든요. 그러면서도 저한테는 태연한 얼굴로 '무모한 짓은 하지 마'라고 말해주는 거 있죠? 아, 정말 얼마나 비참한지."

시선을 피하지 않고 정면에서 받아내고 있었다.

"······중학교를 다니던 도중에 거의 깨달았어요. 저는 이제 뭘 해도 오빠를 이길 수 없다는 사실을요. 하지만 도망치고 싶지도 않았어요. 도망치면 분명 저는 평생 '이케 하루마의 여동생'이 되어버리니까요. 그래서 일부러 오빠랑 같은 학교를 지망한 거예요."

그녀의 마음에 오랫동안 쌓인 그 짐의 무게는 대체 어느 정도일까.

나로서는 상상조차 할 수 없었다.

"이 학교에 입학하기로 결정된 후에, 오빠가 가장 친하게 생각한다는 사람 이야기를 들었어요. 아, 성가셔, 라고 생각하면서도 오빠가 기뻐하는 표정을 보고 생각한 거예요. 그 사람과 오빠 사이를 방해한다면, 이기지는 못하더라도 조금은 속이 시원해질지도 모른다고요."

토우카는 나에게 원망스러운 시선을 보냈다.

그게 나였다는 건가.

······지금은 이케가 나를 가장 친한 친구라고 생각해줬다는 사실에 기뻐할 상황은 아니군.

"하지만 그것도 안 되더라고요. 선배는 제 부탁보다 결국 오빠 일을 도와주는 걸 우선시하니까요. ······그야 그렇겠죠. 이렇게 성격 나쁜 '가짜' 여자친구의 부탁보다 소중한 친구의 부탁이 더 중요한 건 당연하겠죠."

포기한 듯한 그 표정을 보고 나는 한 가지 깨달았다.

"······토우카는 이케를 '망할 오빠'라고 부르거나 폭언을 퍼붓곤 하지만, 한 번도 '싫어한다'라고 말한 적은 없었지. 사실은 오빠를 좋아하는구나."

"좋아하는지 어떤지, 이제는 스스로도 모르겠어요. 하지만 대단하다고는 생각하죠. 존경스러운 마음도 있어요. 동급생들이 오빠들한테 환장하는 것도 그럴 만하다 싶고요. 얼굴도 잘생겼고 성격도 상냥하고요. 인간이 되어 있잖아요, 저랑 달리. ······그렇기 때문에 제가 더 초라하게 느껴지는 거예요."

한 차례 심호흡을 하더니 토우카는 말했다.

"문무겸비, 용모단정. 인망도 있죠. 그런 '특별'한 오빠를 가지고 있는 저는 얼굴이 귀엽고 '우수'한 정도가 고작인 성격 나쁜 여자아이예요. 저는 뭘 해도 오빠를 이길 수 없어요. 저는 아무리 시간이 흘러도 '이케 하루마의 여동생'이고 '이케 토우카'는 될 수 없죠. 최근 한 달은 다시금 그 사실에 짓눌리는 기분이라, 엄청나게 비참했어요. 이렇게 될 줄 알았더라면……, 차라리 이 학교로 오지 말 걸."

그러더니 나에게서 시선을 돌리고 말을 이었다.

"지금도 그래요. 그저 말려들었을 뿐인 선배한테 이렇게 꼴사납게 고함치면서 화풀이나 해대고 있잖아요. ……아아, 저 진짜 비참하죠?"

말을 끝낸 토우카의 표정은 너무나 힘없고 괴로워 보였다.

'이케 하루마'라는 압도적인 재능을 끊임없이 접하며 비교당하고.

그러면서도 그녀는 굴하지 않고 노력을 계속해 왔다.

하지만 누구도 그녀의 노력을 칭찬하지 않는다.

스스로도, 자신보다 더한 노력을 하는 오빠를 쭉 봐왔기 때문에 자부심을 가질 수 없다.

그런 잔혹한 상황을 평범한 소녀가 과연 견딜 수 있을

까?

　……아마 무리겠지.

　나였어도 견딜 수 없었을 것이다.

　아니, 나는 그 이전에 이케를 넘어보겠다고 노력해볼 생각조차 하지 않겠지.

　그 녀석은 의심할 여지가 없는 주인공이다.

　이게 라벨 붙이기에 불과한 행동이라고 해도, 나는 그렇게 생각한다.

　나는 그 녀석을 동경하고 있다.

　그런 주인공 같은 남자가 되고 싶었다고, 진심으로 생각한다.

　하지만 그렇게 될 수 없다는 것도 자각하고 있다.

　……아니, 애초에 되려는 생각조차 하지 않고 일찌감치 포기했다.

　그렇기에 속마음을 드러낸 토우카에게 어떠한 말도 해줄 수가 없다.

　나는 어차피 친구 포지션이고, 상처받은 여자아이를 구하는 건 주인공 이케의 역할이니까―.

　―그런 궤변을 진심으로 입 밖에 낸다면,

　나는 그 녀석의 친구로도 있을 수 없게 된다.

그렇게 생각했기 때문에, 나는 그녀를 똑바로 바라보며 입을 열었다.

　"내가 토우카와 가짜 연인을 연기하기로 한 이유는, 그때 말한 대로 '처음으로 후배한테 부탁받은 일이니까'였어. 하지만 사실 그것만은 아니었어."

　내 말에 토우카는 고개를 들었다.

　"나는 너희 남매가 화해했으면 하거든. 그래서 그때 그 부탁을 들어줬던 거야."

　"……결국 선배도 제가 이케 하루카의 여동생이니까 어울려 줬다는 거네요."

　토우카는 딱히 화를 내지도 않고 담담하게 중얼거렸다.

　"역시, 제가 선배한테 멋대로 기대한 것 뿐인 거 같아요."

　토우카는 체념한 표정이었다. 그녀가 말하는 '기대'가 뭔지 어렴풋하게 깨달으면서, 나는 거기에는 대답하지 않고 다시 입을 열었다.

　"―나는 쭉 이케 하루마를 동경해 왔어. 언제나 의지할 수 있는 그 녀석처럼 되고 싶었지. 하지만 난 그런 게 가능할 리 없다면서 일찌감치 단념해 버렸어. 그렇다면 적어도 동경하는 그 녀석에게 조금이라도 은혜를 갚고 싶다고 생각했거든."

　"뭐예요 그게. 그렇게 오랫동안 무의미한 노력을 해온

저를 바보라고 말하고 싶은 건가요? 선배, 알고 보니 진짜 너무한 사람이었네요."

자조하듯 웃는 토우카.

"그 반대야. 나는 그 녀석한테서 이기겠다는 생각은 해 본 적조차 없어. 그 대단함에 눈이 멀어서 거기서 멈춰서고 말았지. ……그런데 넌 그렇지 않았잖아. 아무리 이케가 대단하더라도, 아무리 주위 사람들한테 인정받지 못하더라도, 그래도 계속해서 노력하고 도전했잖아? 그건 엄청난 일이야. 아무나 할 수 있는 일이 아니야."

"뭐예요, 그걸 위로라고 하는 거예요?"

진절머리 난다는 듯이 토우카는 말했다.

"그것도 아니야. 토우카, 나도 그 녀석을 동경하는 사람 중에 하나야. 그러니까 이해해. 토우카의 대단함도 노력도. ……그러니까 나는 인정해. 세상 누구도 인정하지 않더라도, 스스로도 인정하지 못하더라도…."

나는 똑바로 토우카를 보았다.

말을 제대로 하고 있는지 모르겠다.

이것이 그녀에게 해줘도 되는 말인지도 잘 모르겠다.

그래도 나는 그녀에게 전하고 싶은 말을, 성의를 담아 말했다.

"내가 이케 토우카는 대단한 녀석이라고 인정할게. 제대로 봐줄게."

토우카는 내 말에 눈을 휘둥그레 떴다.

내가 보내는 시선에 놀란 듯한 표정을 짓고 있었다.

무슨 바보 같은 소리냐고 생각했을지도 모르겠다.

내 평가 따위는 아무런 가치도 없다는 걸 누구보다도 나 자신이 가장 잘 안다.

그래도 나는 멈추지 않고 말했다.

그녀가 당당하게 가슴을 펴기를 원하니까.

설령 자기만족에 불과하더라도, 그녀의 도움이 되고 싶다고 진심으로 생각하니까.

"토우카는 이케를 넘으려고 노력했지만 결국 무엇으로도 이기지 못하고, 괴로워서 포기했을지도 몰라. 난 그게 문제라고 전혀 생각하지 않아. ……하지만 토우카가 역시 지기만 해서 분하다면, 앞으로 이케가 상대여도 절대로 지고 싶지 않은 일이 생긴다면, 나는 이케가 아니라 토우카를 응원하겠어. 설령 단 하나라도 토우카가 이케에게서 이길 수 있도록, 내가 협력하게 해줘."

나는 아무 말 없이 이쪽을 직시하는 토우카에게 말했다.

그녀가 지금 무슨 생각을 하는지는 모르겠다.

하지만 적어도.

아까의 도움을 요청하는 듯한 그 표정은……, 이미 자취를 감추었다.

"그리고 한마디만 더 해도 될까? 계기는 확실히 이케였다고 생각해. 하지만 나는 '이케의 여동생'이 아니라, 성격도 말버릇도 거칠지만, 뭐라해도 귀염성이 있는 '이케 토우카'라는 후배와 시간을 보낼 수 있어서 정말 즐거워. 그러니까 이 고등학교에 온 걸 후회한다는 말은 하지 마. 이러니저러니 해도 가짜 연인 생활을 즐기는 내가……, 슬퍼지잖아?"

그리고 나는 한심하게도, 꽤 절실하게 그렇게 말했다.

무의식중에 나는 토우카를 '여동생 캐릭터'로서 보지 못하게 되었다.

—뭐, 그도 당연하다.

아무튼, 이 녀석은 나에게는 처음 생긴 '돌봐주고 있는 후배'니까.

그건 친구 이케와 마찬가지로.

나에게는 무엇과도 바꿀 수 없는 소중한 존재다.

내 말을 들은 토우카는 당혹해서 눈을 깔고 입을 다물더니.

그 후로……, 얼굴을 새빨갛게 물들이고, 두 눈에 눈물을 글썽이며, 나를 보았다.

나도 그녀의 시선에서 눈을 피하지 않았다.

시선이 마주치자 토우카는 얼굴을 더욱 붉히고 뭔가를 말하려다가 멈추고, 고개를 숙이고… 최종적으로, 기세에 맡겨 나를 노려보면서 한 마디 소리쳤다.

"갈래요!"

토우카는 그 말을 하자마자 출구를 향해 걷기 시작했다.

……격려하는 의미로 한 말인데 화만 돋운 모양이다.

반성할 필요가 있다고 생각하지만, 일단은 문을 향해 성큼성큼 걸어가는 토우카의 뒤를 쫓아가는 게 먼저였다.

"같이 가자. 지금 혼자 돌아가다가 카이가 본다면 일이 성가셔지잖아?"

"말 걸지 마!"

이번에도 한마디 소리치는 토우카.

하지만 따라오지 말라는 소리는 하지 않는 걸 보면, 의외로 침착한 걸지도 모른다.

나는 그녀의 말대로 그저 잠자코 옆에서 걷기만 했다.

새빨개진 얼굴을 보이기 싫다는 듯이 고개를 돌려버리는 토우카.

그야 잘난 척하며, 별 소리를 다 했으니 짜증도 나겠지.

역시 나는 이케 같은 주인공은 되지 못하겠군, 이라며 어깨를 축 늘어뜨리면서도.

뭐, 풀이 죽은 것보다야 화를 내는 편이 이 녀석답긴 해, 라고 스스로를 위로했다.

☆ ☆ ☆

그리고 서로 입을 다문 채로 하교해 역까지 도착했다.

생각해 보니 전에도 이런 일이 있었는데, 라고 생각하면서,

"그럼 잘 가."

토우카에게 작별 인사를 했다.

아직 화내고 있는 토우카가 대답해 줄 거라는 기대는 하지도 않았지만……

"……내일 봐요."

라고 내 귀에 토우카의 중얼거림이 들린……, 기분이 들었다.

"어?"

나는 멍하니 그렇게 대답했지만 토우카는 그 후로 이쪽을 전혀 돌아보지 않고 역사 안을 걸어갔다.

……역시 잘못 들은 모양이다.

나는 한 번 한숨을 내쉬고 나서, 집으로 향하는 전철이 오기를 기다렸다.

15

웃는 얼굴

오늘은 골든위크 첫날. 보통 사람들에겐 연휴의 시작이다.

하지만 올해 나는 그런 것과 인연이 없다. 스터디 이벤트의 설치 작업을 도와야 하기 때문이다.

13시까지는 학교에 도착해야 한다.

아직 좀 여유가 있지만, 슬슬 준비 정도는 해두는 편이 낫지 않을까 생각했을 때.

내 방 책상 위에 놔둔 스마트폰이 진동해 메시지 수신을 알렸다.

스팸 메일일 거라고 생각하면서 스마트폰 화면을 확인해 보니 그 예상은 빗나갔다.

보낸 사람은 토우카였다.

어제 일로 뭔가 할 얘기가 있는 걸까, 라고 생각하며 확인해 보니.

[옥상으로 와 주세요.]

……메시지의 내용은 지극히 심플했다.

지나치게 심플해서, 필수 정보조차 부족하다는 게 안타
깝다.

일단 장소는 아마 학교 옥상이겠지.

문제는 시간이다.

그걸 모르면 아무것도 할 수 없다.

[언제 가면 돼?]

그렇게 생각하고 메시지를 보냈다.

그러자 곧바로 '읽음' 표시가 붙었다.

기다리면 되겠군……, 이라고 생각했지만 10초 정도가
지나도 답장은 오지 않았다.

시간만 알려주는 건데 답장을 쓰는 시간이 그렇게 오래
걸릴 것 같지는 않다.

……설마 지금 당장 오라는 건가?

조금 불만스럽기는 했지만 어쩔 수 없다.

나는 자리에서 일어나 곧바로 준비를 끝내고 집을 나섰
다.

☆　☆　☆

학교에 도착한 나는 그대로 위로 올라가 여전히 고장 난
옥상 문을 열었다.

정면을 보니 이미 토우카가 있었다. 그녀는 교정을 내려

다보고 있었다.

　문이 열리는 소리를 들었는지 고개를 돌려 나를 보았다.

　그리고 조금 겸연쩍은 듯이, 시선을 여기저기 헤매다가 입을 열었다.

　"……안녕하세요, 선배."

　바람에 날리는 스커트를 한손으로 잡고 토우카가 말했다.

　"응. 갑자기 무슨 일이야?"

　나는 천천히 토우카에게 다가가 그녀의 정면에 섰다.

　"확실히, 사정도 말하지 않고 갑자기 연락해서 죄송해요. 뭐라고 할까, 즉흥적으로 연락한 거라서요."

　"그건 딱히 괜찮은데. 그래서 무슨 용건이라도 있는 거야?"

　"……용건이 없으면, 부르면 안 되나요?"

　놀리듯 말하는 토우카에게 나는 무언으로 응대했다.

　그러자 두 번 정도 심호흡을 하고 나서 그녀가 입을 열었다.

　"선배! 저기……, 어제는, 정말로 죄송했어요."

　그렇게 말하더니 고개를 숙였다.

　평소에는 남을 얕보는 태도인 그녀가 이렇게 고분고분 사과하는 모습에 나는 저도 모르게 놀랐다.

　"……왜 그래?"

"아뇨, 선배한테 꼴사나운 모습을 보인 일이랑 선배를 귀찮은 일에 말려들게 한 일. 양쪽 다 제대로 사과해야겠다고 생각했거든요."

창피한 듯이 시선을 피하면서 토우카는 말했다.

"……신경 쓸 필요 없다니까."

"신경 쓰인다구요! 그 녀석, 진짜 성가셨잖아요."

분개하는 모습을 보이는 토우카.

확실히 카이는 착각이 심하고 남의 말을 듣지 않는 성가신 녀석일지 모른다.

그런 카이에 대해서 다시 생각하고 있자니, 말없이 나를 보면서 어물거리기 시작하는 토우카.

"왜 그래?"

"그, 그리고 또 하나요. 지금 떠올려도 부끄럽다고 할까. ……그, 그런 이야기를 한 건, 저기. ……선배가, 처음이었다구요?"

새빨개진 얼굴로 나를 조심스러운 눈빛으로 올려다보는 토우카.

"그렇, 겠지. ……나도, 그런 식으로 누군가가 진심을 얘기해 준 건 처음이었어. 미안해, 잘난 척하는 소리밖에 못 해줘서. 금세 포기해버린 내가 하는 말 따윈 격려도 뭣도 되지 않겠지."

"확실히, 잘난 듯이 말하기는! 라는 생각이 들긴 했죠~."

"……그, 그렇지."

꽤 스트레이트하게 긍정하기에, '아, 역시 토우카도 그렇게 생각했구나…'라고 확인하고 나는 조금 창피해졌다.

"하지만 기뻤어요. 엄청 격려가 되었어요. 선배한테 인정받아서……, 제대로 봐줘서."

토우카가 나에게 수줍은 미소를 띠며 부끄럽다는 듯이 그렇게 말했다.

나는 그 말에 의표를 찔려……, 제대로 말을 할 수가 없었다.

"……정말이라구요?"

내가 입을 다물자 토우카는 믿지 않아서 그러는 거라고 받아들였는지,

불만스러운 표정으로 고개를 갸웃거리면서 나를 살피며 그렇게 말했다.

"그렇게 말해 주니까, 고마운걸."

내 말에 '그럼 됐지만요~'라고 부드러운 표정으로 대답하는 토우카.

"그리고 하나 더 있는데요. ……어제 선배가 했던 말 있잖아요."

"꽤 이런저런 소리를 했는데, 어느 걸 말하는 거야?"

"저한테 '오빠한테도 지고 싶지 않은 일이 생기면, 나를 응원한다, 협력한다'라고 했잖아요."

기쁜 듯이 긴장이 풀어진 표정을 지으며 토우카가 물었다.

"아, 그거. 물론이지, 협력할게."

내 말에 토우카는 기쁜 듯이 웃었다.

그러더니 천천히 이런 말을 입 밖으로 냈다.

"그럼 좀 갑작스럽지만. ……저, 생겼어요. 절대 누구한 테도 지고 싶지 않은, 양보할 수 없는 목표가."

"그렇구나. 괜찮다면 그게 뭔지 알려줘. 내가 할 수 있는 일이라면 뭐든 협력할 테니까."

나는, 기뻤다.

다시 한번 토우카가 이케에게 도전하겠다고 결심해서. 그리고 그걸 나에게 털어놔 줘서.

하지만 토우카는 장난스러운 표정을 짓더니, 고개를 가로젓고 손끝으로 작게 X표시를 만들었다.

"아뇨, 선배한테는 안 알려줄 거예요! 그리고 하나 더 말하자면, 협력해 줄 필요도 없으니까요!"

"뭐? ……아, 누구의 도움도 빌리지 않고 자기 힘만으로 이케를 이기고 싶다는 뜻이야?"

그 말은 의외였지만 그렇게 생각하면 납득할 수 있다.

하지만 토우카는 고개를 가로저으며 대답했다.

"제가 누구한테도 지고 싶지 않은 일은, 선배가 협력해 주면 의미가 없어진다고 할까, 협력해 줘도 의미가 없다고 할까. ……아무튼, 제가 알아서 노력하지 않으면 안 되거든요!"

내 눈을 똑바로 들여다보는 토우카.

흥분했는지 뺨이 조금 상기되어 분홍색으로 물들었다.

나는 그녀의 박력에 눌려 한 걸음 뒤로 물러섰다.

"그, 그래. ……뭔진 모르겠지만, 이번에야말로 이케를 이기면 좋겠다."

"네!"

어제 나에게 후련하게 털어놓은 덕에 토우카가 앞을 향할 수 있게 되었다면.

그보다 뿌듯한 일도 없을 거라고 나는 생각했다.

"아, 그러고 보니 한 가지, 선배한테 부탁이 있는데요."

"오. 뭔데?"

"그럼 사양하지 않고 말할게요."

심호흡을 하더니 토우카는 나를 바라보며 입을 열었다.

"선배가, 이 '가짜 연인 관계'가 싫어질 때까지. 저랑 이 관계를 유지해 주세요."

대체 어떤 부탁일까 싶어 조금 긴장했지만, 이제 와서 굳이 말할 필요도 없는 일이라 나는 맥이 빠졌다.

"이제 와서 무슨 소리인가 했네. 걱정 안 해도 계속할 생각이야. ……말했잖아, 나도 이 관계를 즐기고 있다고."

내가 토우카를 안심시키듯 말하자……, 그녀는 노골적

으로 불만스러운 표정을 지었다.

"……아−, 미안. 확실히 계속하는 건 싫겠지."

나는 스스로 반성하고 토우카에게 사과했다.

그야 나와 가짜 연인 관계를 계속하는 건 불만이겠지.

지금은 연애에 흥미가 없다고 말하지만, 한 달 후가 될지, 1년 후가 될지는 몰라도 나중에 생각이 어떻게 변할지는 모르는 일이니까.

다시 말해, 이 관계는.

토우카가 연애에 긍정적인 자세가 될 때까지만 유지되는 관계에 불과한 것이다.

그렇게 생각하자 조금 쓸쓸한 기분도 들었다.

"네, 계속 쭉 가짜 연인이라니……. 절대로, 그건 싫으니까요!"

그렇게 말하고.

그녀는 이제까지 보여주었던 웃음보다도, 훨씬 매력적인 웃음을 지었다.

16
클래스메이트

매력적인 웃음을 보여주는 토우카.

나는 그녀의 그 표정을 보고, ……그렇게까지 나와 '가짜' 연인을 유지하는 게 싫은가 하는 생각에 조금 풀이 죽었다.

"아, 맞다, 선배! 점심은 먹었어요?"

침울해진 나에게 토우카가 물었다.

"아니, 안 먹었어."

토우카의 갑작스러운 호출에 응하는 바람에 나는 점심을 먹지 않았다.

나중에 편의점에 사러 가야겠다, 라는 생각하고 있자니 토우카는 안심한 듯이 가슴을 쓸어내렸다.

"다행이네요. 메시지로 이 얘기를 안 했으니까 헛수고가 되면 어쩌나 하고 걱정했거든요."

그렇게 말하더니 토우카는 가방에서 꾸러미를 하나 꺼내어 나에게 건넸다.

"이게 뭐야?"

"도시락이에요. 참고로 제가 직접 만들었어요."

"……정말? 어째서?"

지금 이 타이밍에 토우카에게 도시락을 건네받을 거라고는 역시 전혀 예상하지 못했다.

"당연히 정말이죠. 선배한테는 민폐를 많이 끼쳤다는 생각에, 사과하는 의미로 만들어 본 거예요. 어때요, 저 엄청 여성스럽지 않나요? 기쁘지 않아요? 남자로서 여자애가 손수 만든 도시락은!"

"그러네. 여성스러운 게 뭔지, 남자로서 뭐가 어떻다는 건지는 잘 모르겠지만, 물론 기뻐."

내가 솔직히 말하자 토우카는 당황한 듯한 표정을 지었다.

"……다, 다행이네요. 저 같은 초절 미소녀의 수제 도시락을 먹을 수 있으니까요! 선배만큼 행복한 사람은 이 넓은 세상을 통틀어도 잘 없을테니까요!"

좀 부끄러운지 토우카는 말이 빨라졌다.

"그러게, 고마워."

내가 그렇게 말하자 토우카의 얼굴이 새빨개졌다.

내가 너무 순순히 응해서 당황했는지도 모른다.

"……흥! 그럼, 저는 교실로 돌아갈게요! 사실은 함께 점심을 먹으면서 서로 반찬 먹여주기 같은 것도 하고 싶겠지만, 그거까지는 아직, 안 되니까요! 아쉽겠네요!"

토우카는 그렇게 말하더니 가방을 들고 허둥지둥 출구로 향했다.

"그래, 토우카. 공부 열심히 해."

나는 그녀의 뒷모습에 대고 말을 걸었다.

그러자 그녀는 문 앞에서 걸음을 딱 멈추고 고개를 돌렸다.

"선배도 작업 힘내세요!"

나를 보고 웃으며 기세 좋게 손을 흔든 후에, 토우카는 문을 열고 옥상에서 나갔다.

그 모습을 지켜본 후에 나는 적당한 자리에 앉았다.

그리고 곧바로 도시락 상자를 열었다.

형형색색의 귀여운 음식들이 담겨 있었다.

스스로 내세울 만큼 의외로 토우카는 여성스러운 소양도 갖추고 있다는 생각이 들었다.

나는 젓가락으로 반찬인 닭튀김을 집어 입에 넣었다.

"음, ……맛있다."

☆　☆　☆

옥상에서 토우카의 도시락을 먹고 시간이 좀 흘렀다. 시계를 확인하니 설치를 시작할 시간이 되었기에 나는 체육관으로 향했다.

도착하고 보니 이미 여러 운동부에서 작업을 시작하고 있었다.

스테이지 앞에서 배구부 소속 남학생이 능숙하게 지시를 내리며 작업을 지휘하고 있다.

아마 이케가 말한 의욕 넘치는 배구부의 부장이 아마 이 사람이겠지.

그건 그렇고. ……내가 없어도 될 것 같은데.

그렇게 생각은 했지만, 기왕 여기까지 왔으니까.

나는 부장이 있는 곳으로 다가갔다.

"이케의 부탁으로 저도 일을 도우러 왔는데, 뭘 할까요?"

"응? 아아……. 그렇구나. 그럼 지하 창고에서 의자랑 책상을 꺼내와야 하는데 그쪽에 일손이 부족해서 말야. 그쪽으로 가 줄래? 지시는 거기에 있는 배구부원이 내릴 테니까."

"네."

내가 대답한 후에야 그는 고개를 들었다.

그리고 눈이 마주치자마자,

"그래, 부탁…… 으엑, 토, 토토토토, 토모키, 군? ……어, 아. 지하창고는…… 으음, 그게."

배구부 부장의 거동이 갑자기 이상해졌다.

"음? 왜 그러시죠?"

"······아, 아무것도 아냐. 잘 부부부부탁해애."

"네에."

나는 그의 지시대로 지하창고로 향했다.

······그의 거동이 어째서 이상해졌는지는 짐작이 간다. 내 얼굴이 무서우니까.

그리고 아마 내가 가는 곳에서 일하는 배구부 부원에게 미안했을 테니까.

하지만 내가 체육관 플로어에서 작업하면 주위에 있는 사람들을 괜히 긴장하게 만들 것이다.

희생은 지하창고에 있는 최소한의 인원으로 줄이는 게 낫겠지.

나는 지하창고로 이동했다.

거기에는 아는 얼굴이 있었다.

확실히······ 우리 반 소속의 배구부원, 아사쿠라 요시토.

한 명뿐이었다. ······확실히 일손이 부족하긴 하겠구나.

"배구부 부장의 지시로 지원하러 왔어. 어떻게 할까."

내 말에 묵묵히 작업하던 아사쿠라가 목소리를 냈다.

"오, 정말?! 우와, 고마워! 그럼 여기에 있는 파이프 의자를 옮기는 걸 도와줄래!"

라면서 고개를 들어 나를 보고는,

"우옷, 토, 토토토, 토모키 군?!"

"그래. 파이프 의자 말이지? 도울게."

당황하는 아사쿠라. 그야 그럴 수밖에. 내 얼굴이 무서운 걸 어쩌겠냐. 미안하다.

이 지하실은 어두우니까 더욱 무섭게 보이겠지. 정말 미안하다.

하지만 굳이 말하지는 않는다.

불필요한 오해를 하게 만들 가능성도 있기 때문이다.

나는 놀란 표정의 아사쿠라를 일부러 모른 척하고 지시대로 파이프 의자를 묵묵히 체육관으로 옮겼다.

아사쿠라도 처음에는 당황했지만 내가 위해를 끼칠 마음이 없다는 걸 알아준 모양이다.

그도 말없이 작업을 진행하고 있었다.

이 배치에서 일하게 된 건 꽤 괜찮았다.

체육관 내부의 사기 저하로 이어지지도 않는 데다, 나도 제대로 도울 수 있는 일이다.

부장님, 굿잡, 이라고 나는 마음속으로 엄지를 치켜들었다.

"오오, 열심히 하고 있네, 토모키 군."

그때 갑자기 누가 말을 걸었다. 물론 아사쿠라의 목소리는 아니었다.

고개를 돌려 확인하니 학생회 임원인 타나카 선배와 스즈키가 있었다.

"안녕하세요. ……두 분 다, 1학년 강의 중인 거 아니었나요?"

"나랑 타나카 선배는 잠깐 휴식 중이야."

내가 묻자 스즈키가 그렇게 대답했다.

휴식 중이라면 쉬는 편이 낫지 않은지? 라고 생각했지만,

"응. 그래서 굳이 쉬는 시간을 쪼개서 우리 일을 도와주는 토모키 군한테 인사하러 왔지."

타나카 선배가 웃으면서 그렇게 말했다.

"인사, 라고요?"

"그래. 아마 이케 군도 오고 싶었겠지만, 역시 상당히 바쁘거든. 그래서 나랑 한가한 타나카 선배만 왔어."

"나도 딱히 한가하진 않지만……."

타나카 선배는 스즈키의 말에 곤혹스러워하면서도 부드러운 표정을 무너뜨리지 않았다.

"토모키 군이랑 아사쿠라 군이 여기서 열심히 일해주는 덕분에 위쪽 작업도 순조롭게 진행되고 있는 모양이야. 둘 다 정말 고맙다."

그러더니 타나카 선배는 나와 근처에서 귀만 쫑긋 세우고 있는 아사쿠라에게 간단한 인사치레를 했다.

갑자기 이름을 불린 아사쿠라는 흠칫 어깨를 떨더니 "아, 네."라고만 대답하고 하던 작업을 계속했다.

"뭐, 저는……. 시간적 여유가 있어서 돕는 것뿐이에요. 굳이 그렇게까지 말하지 않아도 괜찮습니다."

내 대답에 타나카 선배와 스즈키는 미소를 짓더니,

"토모키 군한테 인사하러 갈 생각이라고 이케한테 말하니까, '유우지라면 굳이 그런 인사까지 들을 일은 하지 않았다고 대답할 거야'라고 하더라."

"정말 똑같이 말하니까 조금 재밌네."

두 사람의 말에 나는 조금 창피한 기분이 들어 말없이 작업을 이어갔다.

내 모습을 보고, 두 사람은 더욱 깊게 웃으며 말했다.

"타나카 선배, 작업 방해하는 건 좋지 않아요."

스즈키는 타나카 선배에게 야유하듯이 말했다.

"그러게, 토모키 군의 얼굴도 봤고 작업 진척도 확인했으니 우리는 슬슬 돌아가자."

타나카 선배는 그렇게 말하고 출구를 향해 걸었다.

스즈키가 그 뒤를 따라 걸었다.

나는 그 둘의 뒷모습을 보고 뭔가를 말하고 싶었지만, 이런 때에 무슨 말을 해야 좋을지 몰라서, 그저 입을 다물고만 있었다.

"아, 맞다."라고 타나카 선배가 중얼거리더니 고개를 돌렸다.

"또 나중에, 느긋하게 대화하자."

선배는 그 말을 남기고, 스즈키는 "그럼 갈게."라며 나를 향해 손을 흔들었다.

오늘은 카이와 만나야 하기 때문에 느긋하게 대화할 시간을 낼 수 있을지는 모르겠지만.

그래도 그 호의가 기뻐서 나는 말없이 고개를 끄덕였다.

두 사람은 곧바로 위로 올라갔다.

얼마 없는 여유 시간을 할애해 내가 잘하고 있는지 상황을 보러 와준 거겠지. 이런 배려를 해주는 사람은 이케와 마키리 선생님을 제외하면 전혀 없다고 해도 좋을 정도다.

그러니, 뭐라고 할까…….

순수하게 기뻤다.

"……저기, 토모키 군."

내가 그런 생각을 하고 있자니, 아사쿠라가 말을 걸었다.

"응, 왜?"

단어를 고르듯 잠시 고민하는 표정을 지은 후에 아사쿠라가 입을 열었다.

"으음, 이케한테 들은 건데. 토모키 군은 딱히 강요를 받은 것도 아닌데 예전부터 학생회 일을 돕기도 하고, 이번에도 스터디 이벤트 준비를 보조했다면서?"

"응, 맞아."

"……저기, 화내지 말고 들어 주면 좋겠는데."

"내용을 봐서."

내 말에 뺨이 굳는 아사쿠라.

한순간 주저하는 모습을 보였지만 그래도 그는 입을 열었다.

"토모키 군은, 정말로 양아치가 아닌 거야?"

"······스스로는 그렇게 생각해."

내가 화를 내지 않는다는 사실에 안심했는지, 아사쿠라는 후우, 하고 일단 한숨을 내쉰 후에 말을 이었다.

"역시, 그런가. ······난 내내 토모키 군이 불량아인 줄 알았거든. 하지만 학생회 일을 나서서 도와준다는 이야기를 듣거나, 이렇게 직접 진지하게 일하는 모습을 보거나, 학생회 임원들이랑 평범하게 대화하는 걸 보면 내가······, 아니, 우리가 멋대로 겁먹었던 게 아닐까 하는 생각이 들어서 말야."

"즉, ······내가 무섭지 않다는 거야?"

"아니, 무서워. 얼굴이라든가 엄청 무섭잖아, 토모키 군."

"역시 무서운 거냐···."

"미, 미안. 화났어?"

"아니. 화가 난 건 아니야."

쇼크를 받았을 뿐이다, 라는 말은 하지 말아야지.

"저, 저기. 역시 얼굴은 진짜로 엄청 무섭지만. 양아치가 아니라는 건 알았으니 무의미하게 겁먹을 필요는 없지 않을까, 라고 생각하고 있어.”

덧붙이듯 아사쿠라는 말했다.

“아사쿠라, 너……, 좋은 녀석이구나.”

“아니, 내가 보기엔 관계 없는 학생회 일을 이렇게 열심히 하는 토모키 군이 더……. 아니, 관계가 없진 않던가?”

아사쿠라는 그렇게 말하고 고개를 갸웃거렸다.

확실히 관계는 없어, 라고 말하려 했을 때,

“아, 토모키 군. 나 전부터 그게 묻고 싶었는데.”

라고 나를 향해서 물었다.

무언으로 응하며 다음 말을 재촉했다.

“이케 여동생이랑 진짜로 사귀는 거야?”

“……그래.”

아사쿠라가 진지한 표정으로 묻기에, 나는 조금 당황하면서 고개를 끄덕였다.

뭐라고 할까, 역시 가짜 연인이라고는 해도 이런 화제는 창피하다.

“크으, 역시~! 그랬구나~! 그야 그렇게 귀여운 여친이 있다면 스터디 이벤트도 돕고 싶겠지~! 아~, 젠장~, 부럽다아~!! 나도 그런 귀여운 여친 있었으면 좋겠다! ‘요시토 선배, 우리 같이 점심 먹어요~’라는 소리 듣고 싶다아아~!!!”

내 대답을 듣고 갑자기 이상할 정도로 흥분한 아사쿠라.

"……여자친구, 없어?"

내가 묻자,

"없어!"

아사쿠라는 절실한 표정으로 말했다.

"그래? 꽤 인기 있을 거 같은데."

나는 그렇게 대답했지만.

"어? ……정말?"

오히려 어리둥절한 표정으로 나에게 되물었다.

"그래. 대화도 능숙하고 담력도 있고. 게다가 스포츠맨 이잖아."

참고로 나와 평범하게 대화를 할 수 있다는 게 대화 능력과 담력이 있다는 증거다.

"토, 토모키 군은 좋은 녀석이구나. 나 그런 말 처음 들어."

부끄러운 듯이 콧등을 긁적이는 아사쿠라.

"나도 마찬가지야. 좋은 녀석이라는 말을 듣는 건. …… 그리고 그냥 편하게 토모키라고 불러도 돼."

내가 아사쿠라에게 그렇게 말하자 그는 잠시 어리둥절한 표정으로 이쪽을 보았다.

……역시 너무 친한 척을 했나?

아니면 너무 갑작스러워서 기분이 나빴나?

나는 내심 불안해서 견디기 힘들었지만…….

"그래. 네 말이 맞아, 토모키. 같은 반이 된 지 거의 한 달이 다 되었는데, 이제 와서 이런 소리도 좀 웃기지만 앞으로 잘 부탁해!"

상쾌하게 웃으며 아사쿠라는 나에게 손을 내밀었다.

내민 손을 내려다보며 나는 생각했다.

……마키리 선생님의 말대로, 제대로 봐 주는 사람은 있었구나.

나는 어쩐지 기뻐져서 저도 모르게 입가에서 웃음이 새어 나왔다.

하지만 실실 웃다가 으스스하다는 인상을 주고 싶지는 않았다.

풀어지려는 표정을 다잡으며, 나는 아사쿠라가 내민 손을 힘 있게 맞잡고 대답했다.

"그래, 나야말로 잘 부탁해."

☆　☆　☆

그리고 작업을 시작한 지 약 3시간 만에 설치 작업은 완료되었다.

작업을 돕던 운동부원들 중 몇 명이 실습동으로 이동해, 이번에는 요리부가 만든 요리를 날랐다.

그리고 경음악부가 스테이지 장막 뒤에서 음향 등을 최종 점검을 하고 있자, 신입생들이 회장에 들어오기 시작했다.

들떠서 웅성거리는 후배들 뒤에서 이케를 비롯한 학생회 임원들도 입장했다.

드디어 떠들썩한 축제가 시작되려 한다.

⋯⋯참고로 나는 2층에서 혼자 그 모습을 조용히 내려다보고 있었다.

아사쿠라가 나를 신경 써 주었지만, 함께 움직이는 건 아무래도 미안하다.

그는 이미 배구부에 합류했다. 분명 이제부터 일을 도운 대가로서 이 축제를 즐기게 되겠지.

그런 생각을 하다 보니 이케가 스테이지에 올라왔다.

고작 그뿐인데도 소란스럽던 학생들이 마치 약속한 듯 조용해져 일제히 이케에게 주목했다.

역시 이케다. 모두의 시선을 모으는 카리스마가 있다.

"신입생 여러분, 오늘은 다들 고생 많았어! 강의는 어땠어? 조금이라도 도움이 되었다면 여기에 있는 상급생들도 준비한 보람이 있을 거야. 자, 하고 싶은 말은 다 했으니 딱딱한 인사말은 이쯤으로 끝내자. 이제부터는 경음부의 연주를 즐기는 것도 좋고, 요리부가 만든 요리를 먹어도 좋고, 동급생이나 설치 작업을 도와준 선배들과 친목을 다지는 것도 좋아. 아무튼 도가 지나친 행동만 하지 않는다면 어지간한 건 오케이이니까."

이케는 마이크도 쓰지 않고 회장 전체에 잘 울려 퍼지는 목소리로 말했다.

1학년 여학생 중 상당수는 스테이지 위의 이케를 보며 황홀한 표정을 짓고 있었다.

게다가 수많은 남학생들도 경의를 담아 이케를 바라보고 있었다.

"그럼, 오늘은 마음껏 놀다 가!"

이케가 그렇게 말한 순간에 등 뒤의 막이 열렸다.

경음부가 등장하더니 인사도 생략하고 연주를 시작했다.

이케는 곧바로 경음부에 스테이지를 양보하고 아래로 내려갔다.

경음부의 연주가 회장을 가득 메우자 곧바로 분위기는 열광적으로 끓어올랐다.

—그 뜨거운 모습을 보고 나는 슬슬 옥상으로 가야겠다고 생각했다.

옥상에서 카이가 기다리고 있는지 어떤지는 모르지만, 내가 여기에 있어도 분위기를 흐릴 뿐이니까.

"수고했어, 토모키 군."

그런 생각을 하던 나에게 누군가가 갑자기 말을 걸었다.

돌아보니 마키리 선생님이 거기에 있었다.

"……무슨 일이세요, 이런 곳까지?"

"학생회가 주최하는 스터디라고 해도, 감독하는 교사가 아예 없으면 곤란하지 않겠니? 그래서 젊은 교사 몇 명이 이 회장에 와 있거든."

농담하듯 어깨를 으쓱하는 마키리 선생님.

그건 알고 있었다.

내가 묻고 싶은 건 어째서 일부러 축제 분위기와 가장 멀리 떨어져 있는 나를 찾아왔는가, 였지만.

"……이건 네 몫이야, 받으렴."

마키리 선생님은 그렇게 말하고 나에게 캔커피를 내밀었다.

"이건……, 뭔가요?"

"간식이야. 커피 좋아하지? 전에 인쇄실에서도 이케 양이 사오던데."

나는 마키리 선생님께서 내민 커피를 받아들었다.

그런 사소한 것까지 보고 계셨구나, 하고 놀라는 나에게 선생님은 자연스러운 동작으로 자신이 들고 있던 홍차 페트병을 내 커피캔에 가볍게 부딪쳤다.

"오늘까지 일 도와주느라 고생 많았어. 정말로 고마워, 토모키 군."

"별 말씀을요……, 잘 마시겠습니다."

상냥하게 미소 짓는 마키리 선생님의 시선을 받으며, 나는 부끄러워져서 그만 고개를 숙이고 말았다.

……나야말로 인사하고 싶은 게 있다.

그 말을 하기 전에 캔커피로 목을 가볍게 적시고, 나는 입을 열었다.

"선생님 말씀대로였어요."

"무슨 뜻이니?"

마키리 선생님도 홍차를 한 모금 마셨다.

"제 행동을 제대로 봐주는 사람이 있다, 라는 말이요. 마침 오늘 그것을 실감했어요. ……감사합니다."

내 말에 마키리 선생님은 놀란 듯이 눈을 크게 떴다.

그리고 입가에 웃음을 머금고서 이렇게 말씀해 주셨다.

"그건 내가 고맙다는 말을 들을 만한 일은 아니야. 스스로 자랑스럽게 생각할 일이지."

이제까지의 행동을 인정해 주는 그 말 자체가, 나에게는 기뻤다.

이케가 나를 챙겨주었기 때문에 그렇게 행동할 수 있었다.

마키리 선생님이 지켜봐줘서 나는 힘낼 수 있었다.

나 혼자였다면 분명 아무것도 하려 하지 않았을 것이다.

이 두 사람이 있었기 때문에 나는 비로소 노력할 수 있었다. 그저 그뿐이다.

그러니 나는 스스로를 자랑스럽게 생각할 수 없다. ……
그 대신에 감사의 마음은 전하고 싶다.

　"……네."

　하지만 말주변이 약한 탓에 얼굴을 맞대고 그런 말은 하
지 못하고.

　그저 그렇게 한 마디 중얼거리는 게 고작이었다.

　"그럼 저는. 이제부터 볼일이 있어서요, 이만 실례할게
요."

　상냥한 시선을 보내는 마키리 선생님에게서 도망치듯
나는 등을 돌렸다.

　어쩐지 칭찬을 받아서 부끄럽기도 했고, 고맙다는 인사
하나 제대로 하지 못하는, 스스로에 대한 한심함도 있었
으니까.

　"그래. 잘 가렴."

　마키리 선생님은 내 등에 대고 그렇게 말했다.

　나는 말 없이, 선생님의 인사에 목례로 답하고 체육관에
서 나왔다.

☆　☆　☆

　체육관 밖으로 나와 나는 교실동으로 향했다.

　이제 곧 카이가 지정한 시간이 될 것이다.

"유우지!"

하지만 내 뒤에서 누군가가 말을 걸었다.

"오."

나는 고개를 돌려 목소리의 주인을 보았다.

물론 얼굴을 보기 전부터 누구인지는 알고 있었다.

"아직 시작한지 얼마 되지도 않았는데, 어디 가?"

단정한 얼굴에 어지간히 상쾌한 웃음을 띠고 있는 이케의 모습이 있었다.

"볼일이 좀 있거든. ……먼저 갈게."

"……유우지, 넌 배려심이 지나치게 많아. 좀 더 편한 마음으로 즐겨도 좋지 않을까?"

이케는 어이없다는 듯이 한숨을 내쉬었다.

"딱히 그렇게까지 배려한 적은 없어. 정말로 볼일이 있어서 그러는 거야."

물론 그뿐인 건 아니다.

내가 있으면 기왕 마련한 즐거운 자리가 어색해질 테니 이렇게 조용히 옥상으로 향하는 거지만, 역시 그런 말까지는 할 수 없다.

"아, 맞다. 타나카 선배랑 스즈키가 나중에 이야기나 하자고 그랬는데, 미안하다고 전해 줄래?"

"그런 거라면 다음에 직접 사과하는 게 맞지."

내 말에 못 말린다는 표정을 지으면서 잘라 말하는 이케.

"······그러게. 그럼 그렇게 할게."

내 말에 이케는 상냥한 표정으로 눈을 가느다랗게 떴다.

나는 이케를 향해 계속해서 말을 했다.

"······고마워, 이케. 즐거웠어."

"무슨 소리를 하는지 모르겠네. 난 그냥 일손이 부족해서 의지할 수 있는 친구한테 도움을 요청했을 뿐이야. 네가 나한테 고맙다고 말할 이유는 어디에도 없잖아."

당연한 일이라고 말하듯, 이케는 나에게 말을 걸었다.

그 배려심이 나에게는 기뻤다.

"······그러고 보니 학생회 일을 도와준 알바비. 아직 제대로 얻어먹지도 못했네."

내 말에 이케는 씨익 하고 웃었다.

"아, 그게 있었구나. 좋아. 그럼 스터디 이벤트를 도와준 몫까지 합쳐서 평소보다 호화롭게 갈까! ······라고 말하고 싶지만 토우카의 연애 활동을 방해했다간 무지막지하게 화 낼 거야."

"셋이서 가면 되잖아?"

내 말에 이케는 경악한 표정을 지었다.

그러더니 재미있다는 듯이 소리 내어 웃으면서, 똑바로 나를 보았다.

"그렇다면. 설득은 너한테 맡길게."

"······기대는 하지 말고 기다려 줘."

"그래, 그럼 맡길게."

흰 치아를 드러내며 이케는 쾌활하게 웃었다.

……토우카가 다시 앞을 보고 나아가려 한다면, 분명히 이케와 마주보게 되겠지.

그리고 언젠가. 둘이서 마주보고 웃을 수 있게 된다면 나는 기쁠 것이다.

거기에 나도 함께 있을 수 있다면.

분명 정말로 즐거울 거라는 생각이 들었다.

"그럼 또 보자."

나는 이케에게 인사하고 걷기 시작했다.

"그래, 또 보자."

이케도 나에게 그렇게 말했다.

……다시 교실동을 향해 걸으면서, 학생회나 아사쿠라에 대해 생각해 보았다.

카이와도 얼굴을 마주보고 성실하게 대화하면, 내가 토우카를 해칠 만한 사람이 아니라는 걸 알아줄지도 모른다.

나는 그런 태평한 생각을 하고 있었다.

☆　☆　☆

그리고 나는 옥상 문을 열었다.

거기에는 먼저 와 있던 카이가,

"기다리고 있었다……, 토모키, 유우지!"

증오를 담아 내 이름을 부르며, 핏발이 선 눈으로 노려보고 있었다.

그 모습을 보고, 나는….

아, 역시 이 녀석은 말로는 알아주지 않을 것 같다.

라고 남의 일처럼 생각했다.

17
싸움

"……여어."

똑바로 노려보는 카이에게 나는 그렇게만 대꾸했다.

"너와 오랫동안 말씨름할 생각은 없다. ……내가 하고 싶은 말은 하나야."

충혈된 눈으로 이쪽을 노려보면서, 카이는 말했다.

얼추 예상은 가지만 일단 들어보자.

"뭔데?"

"토우카랑 헤어지겠다고 약속해라."

역시 그건가.

"왜지? 내가 토우카랑 사귀는 게 무슨 문제냐? ……카이, 너는 토우카를 좋아해?"

카이의 질문에는 대답하지 않고 나는 그렇게 물었다.

그러자 입술을 꽉 깨물더니, 카이는 대답했다.

"말했잖아. 나는 네가 작년에 날뛰는 모습을 봤다고."

"아, 그랬었지."

"……나는 그때. 가만히 보고 있을 수밖에 없었어. 너한테 당해 상처를 입고 쓰러지는 사람들을 방관하기만 했지. ……그래, 공포로 다리에 힘이 풀려서, 그 자리에서 한 걸음도 움직이지 못하고 그냥 멍하니 있었던 거야."

주먹을 꽉 쥐는 카이.

그 표정에는 비통함과 후회가 스며나왔다.

"구하지 못했어, 이름도 모르는 그 사람들을. 폭력에 괴로워하며 짓밟힌 사람들의 표정이 아직도 가끔 꿈에 나와. 내 무력함과 부족한 용기를 나는 마음속 깊이 저주했어. ……지금도 사실은 무섭다고. 너 같은 극악무도한 인간이랑 마주보고 있는 게."

그렇게 말한 후에 카이는 나를 노려보았다.

……지금까지는 알아차리지 못했지만, 그 눈동자 안에는 확실히 위축된 마음이나 공포가 깃들어 있었다.

"그래도! 아무리 무서워도, 힘이 부족하더라도! 나는 이제 너를 가만히 두고 볼 수 없어! 그 천진난만한 토우카한테서 웃음이 사라지는 건 싫으니까! ……다시 후회하는 날들을 보내기는 싫다고!!"

카이 렛카.

이 남자에겐 틀림없이 맹목적으로 달려가는 면이나 남의 이야기를 듣지 않고 착각으로 일을 진행해 버리는 나쁜 버릇이 있다.

하지만. 이야기를 들어보면 이 녀석은 내 '과거 사건'의

목격자다. 그렇다면 이 이상할 정도의 거부반응도 이해는 간다.

옆에서 그 광경을 보았다면, 날뛰는 나를 다른 사람들이 위험까지 감수하며 말리려는.

……그런 모습으로 보였을지도 모른다. 그때의 나는 전혀 앞뒤 재지 않았으니까.

그렇다면 이 녀석은 분명히 자신의 정의를 믿고 나아가는 '정의의 사나이'가 되겠지.

"확인해 두겠는데."

내 말에 카이는 다음을 재촉했다.

"어째서 너는 여기에 혼자서 왔지?"

옥상에 들어온 후에 주위를 둘러보고 인기척도 살폈지만, 아무래도 여기에 있는 사람은 카이 한 명뿐인 듯했다.

나를 위험인물이라고 생각한다면서 어째서 동료를 데리고 오지 않았을까?

나로서는 그 점이 이해가 가지 않았다.

"그야 당연하지. 사람을 잔뜩 모으는 것만으론 분명 너한테는 못 이겨. 무의미한 희생자만 늘릴 뿐이지. ……나야 어떻게 되든 상관없어. 네가 만약 대화로 토우카에게서 손을 떼겠다는 약속을 하지 않겠다면……, 죽을 각오로 상대해 주겠어."

눈빛에서 굳은 결의가 느껴졌다.

만약 싸움으로 발전한다면, 정말로 목숨을 걸고 나에게 덤빌지도 모른다고.

　그렇게 생각하게 할 만한 박력이 있었다.

　……가능하다면 이 남자는, 나 따위는 상관하지 말고 정의의 길을 올곧게 걸어가 주었으면 한다.

　하지만 그런 말을 할 수도 없다.

　"그러냐. 네가 무슨 말을 하고 싶은지는 알겠다."

　"……그럼 토우카랑 헤어진다고 맹세해!"

　날카로운 목소리로 소리치는 카이.

　어지간히 나와 대면하는 게 스트레스인 모양이다.

　"그건 안 돼. 나는 토우카의 남자친구니까."

　나는 그렇게 잘라 말했다.

　그러자 카이의 얼굴에서 표정이 사라졌다.

　"처음부터 알고 있었어. ……토우카가 너 따위 좋아하지 않는다는 것 정도는."

　……관찰력 한번 좋으시군.

　우리는 어디까지나 가짜 커플이다. 토우카가 진심으로 나를 좋아하는 건 아니다.

　"그쪽이 약점을 잡아 토우카를 제멋대로 조종하고 있는 거겠지? ……토우카한테 너랑 헤어지라는 소리를 하는 게 아니었어. 그 아이를 괴롭게 만들 뿐이니까. 처음부터 너랑 담판을 지어야 하는 문제였던 거야."

……이건 어지간히 심한 착각이네.

굳이 말하자면 그런 짓을 시도한 건 토우카 쪽이었다, 라고 말해봐야 카이는 절대로 믿어주지 않겠지.

살기등등한 카이.

나는 그의 시선을 받으며……, 한 명의 발소리가 옥상을 향해 다가오는 걸 깨달았다.

카이가 노골적으로 당황하면서 말했다.

"설마……, 이 자식!"

그에게도 이 발소리가 들리는 거겠지.

그 표정을 보고, 나는 어째서 이렇게 타이밍이 안 좋은 거냐고, 내심 절망했다.

발소리가 문 앞에서 멈추고…….

철컥, 하는 소리가 귀에 들어왔다.

"아~, 선배! 역시 여기에 있었네요~! 제가 얼마나 찾아다녔다구요~! ……어, 으응?"

역시 예상한 대로, 나타난 사람은 토우카였다.

그녀는 나를 눈으로 본 후에, 카이도 함께 있다는 사실을 깨닫고 불안한 표정을 지었다.

나와 토우카, 그리고 카이.

셋의 시간이 일제히 멎은 것처럼 누구도 목소리를 내지 않았다.

……그러다가 카이가 제일 먼저 입을 열었다.

"……말려들게 했군, 토우카를. 이 비겁한 자시이이이이익!!!!"

지옥에서 울리는 거라고 착각할 만한 목소리로, 카이는 증오가 담긴 낮은 외침을 토해냈다.

그 목소리에 토우카가 두려움을 그대로 드러냈다.

……내가 토우카를 '인질'로 불러냈다고 착각하고 있는 거겠지.

역시 말로 해결하는 건 무리였나.

일이 이렇게 되었으니 어쩔 수 없다. 원만하게 끝내려는 마음을 접고 나는 주먹을 쥐었다.

"어? 뭐, 뭐에요, 저게?"

겁에 질린 표정으로 토우카는 나한테 물었다.

"……교섭 실패라는 거야."

"교섭? 농담할 때가 아니라고요. 소통 장애가 있는 선배가 대체 무슨 수로 그런 걸 한다는 거예요."

……지독한 소리를 들은 기분이 든다.

하지만 토우카에게 불평하는 것보다 카이가 더 급한 문제다.

"그게 네 대답이냐! 토우카를 이 자리에 말려들게 하다니, 절대로 놔주지 않겠다는 의사표시냐고!"

"하아……, 야, 너 진짜 무슨 소리 하는 거야……?"

거친 콧김을 내뿜으며, 그 잘생긴 얼굴을 완전히 망가뜨리면서 카이는 나를 노려보며 물었다.

토우카는 거기에 겁을 냈다.

그녀는 내 옆에 붙어 '진짜 이해 안 돼, 저 녀석 대체 뭐야?'라는 표정을 짓고 있었다.

……토우카한테 설명할 시간은 없을 듯했지만, 그래도 카이에게는 꼭 말해둬야 하는 일이 있다.

"자랑은 아니지만 나는 의사소통 능력이 꽝이거든. 말로 네 오해를 풀겠다는 생각은 안 해. ……분명히 오해가 더 깊어질 테니까."

나는 그리고 의아한 표정을 짓는 카이에게, 이어서 선언했다.

"그러니까 그런 식으로 생각해도 상관없어. 미안하지만 너가 무슨 소리를 해도……, 나는 토우카랑 헤어질 생각 없어."

분명 이건 내 나쁜 버릇일 것이다.

'이해해줄 리 없다'라고 미리 단정 짓고서, 자신의 기분을 말로 표현하기를 회피하거나 포기해 왔다.

지금도 오해를 풀기 위해 끝까지 참고 대화해 보려는 노력은 하지 않는다.

……하지만, 그렇다고 계속해서 오해받는 처지를 비관

할 마음은 이젠 없다.

　어차피 이해받지 못할 거라고 체념하는 것도 이제는 하지 않겠다.

　그것은 이케가, 마키리 선생님이, 타나카 선배가, 스즈키가, 아사쿠라가. 그리고 토우카가.

　나에게 알려주었기 때문이다.

　한탄하고 싶어질 정도로 무서운 얼굴에, 오해를 받아도 어쩔 수 없을 만한 사건을 일으켰다 해도, 지금의 나를 똑바로 봐주고 이해해주는 사람이 있다는 사실을.

　그러니 적어도, 나는 나를 제대로 봐주는 사람을 소중하게 여기고 싶다.

　그런 바람이 있기 때문에.

　나는 자신의 결의를 입에 담은 것이다.

　……내 대답을 들은 카이는, 두 눈을 크게 떴다.

　그리고…….

　"……어?"

　옆에 선 토우카가 당황한 표정으로 그렇게 중얼거렸다.

　그 표정을 보고, 분위기 파악 못 한다는 건 알고 있었지만, 도저히 못 참고 나는 살짝 입가를 일그러뜨리고 말았다.

나를 제대로 봐주는 토우카와의 관계를 지키고 싶다.

나는 카이를 똑바로 마주보고 선언했다.

"토우카는, 내 소중한 '연인'이니까."

나와 토우카의 연인 관계는 확실히 '가짜'일지도 모른다.

그래도 이건— 나에게는 틀림없는 소중한 관계다.

그러니까 외부인이 이러쿵저러쿵 참견한다고 해서 정리할 마음은 전혀 없다.

내 말을 들은 카이는,

"이……, 나쁜 자시이이이익!"

라고 무시무시한 목소리로 소리쳤다.

증오가 담긴 그 목소리에 토우카도 무서워할 거라고 생각하고 그녀를 보자,

"……대, 대체 무슨 소리를 하시는 거예요?!"

라고 뺨을 붉히고서 고개를 홱 돌려 버렸다.

카이는 어찌 되든 알 바 아니라는 듯했다.

……제발 그러지 마, 그런 표정을 지으면 나도 '촌스러운 소리를 해 버렸네……'하고 곧바로 창피해지니까.

"그 남자한테서 떨어져, 토우카. ……지금부터 내가 너를 구해줄게."

"아, 음. 미안. 나 진짜로 선배랑 사귀고 있으니까, 응, 진짜 미안."

카이에게 차가운 눈빛을 보내며 거절의 말을 입에 담는 토우카.

……뭐랄까, 이 녀석, 여유가 생기지 않았나?

"그렇구나, 토우카는 상냥해. ……하지만 나는 이미 각오를 굳혔어."

카이는 조용히 중얼거린 후에 교복 바지 주머니에서 폴딩 나이프를 꺼냈다.

"토모키 유우지. 나는 진심이야. ……너도 각오하는 게 좋을 거다."

그가 꺼낸 폴딩 나이프를 나는 침착하게 확인했다.

칼날 길이는 10센티 정도. 교복에 딱히 부푼 곳이 없으니 아마 다른 무기를 갖고 있지는 않을 것이다.

"……뭐, 뭐야, 대체 무슨 생각이야?! 위험하잖아!!"

토우카는 짧게 비명을 지르더니 겁에 질린 표정으로 카이에게 따져물었다.

"토우카. 내가 여기서 저 남자한테서 너를 해방해 줄게. ……그야 죽이지는 않을 테지만 적어도 죗값에 맞는 고통은 줘야겠지……."

원념이 담긴 목소리로 그렇게 말한 후에, 카이는 천천히 나이프를 들고 자세를 낮추었다.

그 손은 가느다랗게 떨리고 있었다. 분명히 사람에게 날붙이를 향해 본 적이 없을 것이다.

그런데도 불구하고, 카이는 나를 해칠 각오로 지금 여기서 대치하고 있는 건가.

"선배, 도망쳐요. 저거 진짜 정신이 어떻게 된….."

토우카는 공포에 질려 내 손을 잡아끌려 했다.

"……토우카한테서, 손 떼에에에에에!!!"

그 모습을 본 카이는, 나이프를 든 채로 나에게 돌진해 왔다.

……아니, 지금은 내 쪽에서 손댄 것도 아니잖아, 라는 쩨쩨한 판죽은 굳이 지금 입 밖에 내지 않겠다.

하지만 이것으로 주사위는 던져졌다.

카이는 이미 결정적으로 돌이킬 수 없는 행동을 했다.

"위험하니까 물러서 있어."

나는 토우카의 손을 놓고, 이제부터 일어날 일에 말려들지 않도록 뒤로 물러서게 했다.

토우카가 손을 뗀 순간에 "선배?!"라고 괴로운 표정으로 말했다.

걱정해 주는 걸까? ……기쁜걸.

그렇게 생각하면서도, 나는 이쪽으로 돌진하는 카이에게 시선을 향했다.

그는 이미 코앞까지 와 있었다.

카이는 단숨에 나이프가 닿는 거리까지 파고들었다.

그리고 명확하게 나를 해칠 의도로 나이프를 휘둘렀다.

나를 해치려는 각오로 휘두른 그 칼날은, 아무것도 하지 않는다면 내 피부에 깊이 꽂혔을 것이다.

그런 쇼킹한 영상을 토우카에게 보여줄 수는 없다.

나는 곧바로 받아쳤다.

나이프를 든 손을 노려 손칼 공격을 내리쳤다.

거기에 직격당한 카이는 '윽?!'하는 신음소리를 내며 그만 손에서 나이프를 떨어뜨렸다.

무기를 놓치고 텅 비어버린 자신의 손을 내려다보는 카이의 표정에서는 고통이 배어나왔다.

진심으로 분한지 입술을 꽉 깨무는 카이에게 나는 말했다.

"카이. 나는 너를 높이 평가하고 있어."

내 말에 카이가 의심스럽다는 표정을 지었다.

"엉뚱하게 토우카를 원망하며 손을 대지도 않고, 떼로 덤벼들지도 않고, 공포를 견뎌가며 굳은 각오로 내 앞에 섰어. 그건 누구나 할 수 있는 행동은 아니야. 솔직히 말해서 대단하다고 생각해."

"무슨……, 소리를 하는 거야?"

"그러니까. 저따위 장난감을 놓아버린 정도로 네가 끝날 리 없겠지?"

아연한 표정을 짓는 카이에게 나는 소리쳤다.

"……근성을 보여라, 카이 렛카!!!"

이걸로 끝날 리가 없다. 그렇게 확신하던 나에게…,

"으, 아. 아아아아아악!!!!"

카이가 무턱대고 아무렇게나 고함치며 도발에 응했다.

맨손이 되어버린 주먹을 쥐고서, 카이는 한 걸음 접근했다.

혼신의 힘이 담겼다는 걸 알 수 있는 주먹. 제대로 맞았다간 아무리 나라도 대미지가 있을 것이다.

……그런 만큼 동작이 크기에 내 입장에선 피하기에 어렵지 않았다.

하지만,

──콰앙!

두개골과 주먹이 격돌하는 소리가 정수리에 울려 퍼졌다.

카이의 주먹을 정면에서 받아내는 쪽을 선택했기 때문이다.

내 안면에 직격한 주먹.

그것은 카이가 자신의 정의를 믿고서 쥔 주먹이다.

울려 퍼지지 않을 리 없다.

나는 몸이 호소하는 아픔을 기합으로 굴복시킨 후에, 이번에는 내 주먹을 쥐었다.

피가 끓는다.

생각해 보면 정면에서 1대1 대결을 도전받은 건 오랜만이다.

일이 이렇게 되었으니 나도 기분이 고양되지 않을 수 없다.

"……좋아, 좋은 주먹이야. 이거 꽤 아픈데. ……그러니까 앞으로는, 어울리지도 않는 날붙이 같은 건 쓸 생각하지 마라."

나는 카이의 팔을 잡아 그대로 끌어당겼다.

균형이 무너져 쓰러지는 듯한 자세가 된 카이에게, 나도 답례를 해주었다.

"처음부터……, 꽉 쥔 네 주먹으로 덤비란 말야!!"

그렇게 소리친 후에 나는 카이를 향해 주먹을 휘둘렀다.

전혀 반응하지 못하는 카이의 얼굴에 단단하게 쥔 내 주먹이 꽂혔다.

카이는 그대로 멀리 날아가 꼴사납게 쓰러졌다.

일어설 낌새는 없었다.

다가가서 확인해 보니 카이는 거품을 물고 기절한 듯했다.

☆　☆　☆

기절한 카이를 내려다보았다.

딱히 머리를 찧은 것 같지는 않고, 눈을 뜰 때까지는 방치해둬도 상관없겠지.

그렇게 생각하고 긴장을 풀자, 굴복시켰을 터인 아픔이 되살아났다.

"아야야……."

나는 살짝 신음했다.

꽤 쓸 만한 주먹이었다며 감개에 젖어 있자니….

"괘, 괜찮아요, 선배?!"

토우카가 하얗게 질린 얼굴로 내 곁에 달려왔다.

"괜찮아, 문제 없어."

"없긴 뭐가 없어요! 코피가 줄줄 흐르고 있다구요!"

불안한 표정으로 교복 주머니에서 티슈를 꺼내어 내 코피를 닦으려 했다.

아무리 그래도 거기까지 하게 할 수는 없다.

나는 그녀에게서 티슈를 받아 코를 닦고 콧구멍을 압박

해 지혈도 했다.

"괜찮아, 고마워."

"……고마워, 같은 소리 할 때가 아니잖아요."

고개를 숙인 토우카.

뭔가 심각한 표정을 짓고 있었다.

"선배, 저한테 하고 싶은 말이 있지 않나요?"

고개를 숙인 채로 그녀는 나에게 물었다.

잠깐 생각해 보이지만 아무것도 떠오르지 않았다.

……아, 아니. 하나 있다.

"주머니에 티슈를 넣고 다니다니, 여자애답게 꼼꼼하구나."

내 말에 토우카는 슬픈 표정을 지었다.

"진심으로……, 하는 말이에요?"

"미안. 농담이야."

……하지만, 그렇다면 그녀는 내가 무슨 말을 하고 싶어 한다고 생각하는 걸까?

"이번에 저게 폭주한 건, ……제 탓이잖아요?"

토우카는 더듬거리며 말하기 시작했다.

"제가 선배한테 가짜 연인 행세를 해달라는 말을 꺼내지 않았더라면, 분명 이런 일은 벌어지지 않았을 거예요."

"꼭 그렇지만은 않아. 저 녀석은 원래부터 나를 위험하다고 생각하고 있었으니까, 늦든 이르든 어차피 이렇게 되었을 거야."

"……선배는 정말로 상냥한 사람이니까요. 이렇게 되기
전에 오해가 풀렸을 거라고 생각해요."

토우카의 상냥한 말에 나는 고개를 가로저었다.

"그건 있을 수 없는 일이야. 아까도 그랬지만 나는 언
제나 대화로 오해를 푸는 걸 일찌감치 포기하고 주먹으로
해결해 버리거든. 그래서 오해는 점점 깊어지고 미움 받
고 기피당하게 되지."

분한 표정을 짓는 토우카에게 나는 물었다.

"……토우카도, 무서웠잖아?"

"네, 무서웠어요."

토우카가 힘없는 목소리로 말했다.

……이미 이전까지와 같은 관계로는 있을 수 없게 될지
도 모르겠다.

그런 식으로 생각하는 나에게, 그녀는 이어서 말했다.

"어째서 나이프를 든 상대 앞에서 도망치지 않은 거예
요? 어째서 충분히 피할 수 있었으면서 바보처럼 맞아준
거죠? 그런 식으로 다치는 선배 모습은 보고 싶지 않다구
요, 돌이킬 수 없는 일이 벌어지면 어떡해요. 얼마나, 얼
마나……, 무서웠는지 알기나 하냐구요!"

토우카의 말은 멈출 줄을 몰랐다.

"그리고, 뭐가 '오해를 풀 노력을 하지 않는다'예요! 애

초에 얼굴이 무서워서 여기저기서 시비를 거니까 자신을 지키기 위해 강해진 거잖아요? 그런 건 군이 물어보지 않아도 알 수 있어요. 결국, 선배는 아무것도 잘못하지 않았잖아요! 그런데 어째서 오해를 풀 노력을 해야만 하는 건데요?! 그런 노력은 할 필요 없어요, 모두가 제대로 선배를 봐준다면, 선배도 이런 식으로 시비 붙는 일은 없을 텐데! 어째서 선배는 다 자기 탓이라는 식으로 말하는 거냐구요……. 그런 거, 전 싫어요, 슬프다고요."

그녀의 눈에서 눈물이 흐르려 하고 있었다.

"선배는 제 진짜 마음을 듣고서 제대로 대답해 주었어요! 그 말에 힘을 얻어서 다시 한번 노력해야겠다고 생각했어요! 선배는 무섭기만 한 게 아니라……, 실은 이렇게나 따뜻하고 자상한 사람인데도, 어째서 그런…."

내가 그렇게 심한 말을 했구나, 라고 뒤늦게나마 간신히 자각했다.

"이제 됐어, 토우카."

나는 그렇게 말하고, 아직 하고픈 말을 끝내지 못한 토우카의 머리에 손을 얹고, 머리카락을 쓰다듬어 헝클어뜨렸다.

"고마워."

그 말을 듣고 조용해진 토우카.

그녀는 잠시 지나자 내 손을 자신의 머리에서 치웠다.

너무 친한 척했나, 라고 반성하고 손을 빼려고 했지만.

그녀는 도무지 내 손을 놓으려 하지 않았다.

"선배가 늘 자신과 누군가를 지키기 위해 굳게 쥐는 이 손도, 이렇게 따뜻하고……, 상냥하잖아요. 그걸 좀, 분명히 기억해 주세요."

토우카는 고개를 휙 돌리고선 그렇게 말했다.

그녀의 뺨은 새빨갛게 물들어서, 부끄러움을 참아가면서까지 나를 위로해 주려는 게 잘 전해졌다.

"그래, 알았어."

나는 그녀에게 그렇게만 대답했다.

토우카는 내 대답을 듣고 만족한 듯이 웃었다.

그리고는 경멸하는 시선으로 기절한 카이를 내려다보며 말했다.

"이 멍청이, 어차피 또 주제도 모르고 덤벼들 거라구요? 기절한 틈에 옷을 싹 벗겨놓고 수치스러운 사진을 찍어서 협박이라도 할까요?"

예상 외로 무서운 소리를 한다.

"그런 짓은 할 필요 없어. 다음에는 제대로 대화해 볼게."

"대화라……. 그거라면 선배가 나설 일은 없겠네요."

"뭐?"

토우카는 조용히 말하더니 카이 쪽으로 걸어갔다.

쓰러진 카이의 모습을 확인할 생각인 걸까?

그렇게 생각하고 있자니….

"푸헙!"

토우카는 옆구리를 발로 차서 카이를 강제로 깨웠다.

―뭐 하는 거야, 저 녀석.

나는 어이가 없어 그 광경을 가만히 지켜보고만 있었다.

"어, 어라……. 난 대체. 으윽, 얼굴 아파……."

그리고 손으로 얼굴을 덮고 당황하는 카이의 멱살을 잡고서,

"남의 이야기도 똑바로 듣지 않고, 제멋대로 선배를 나쁜 사람으로 단정해서 폭주하고. 흉기까지 썼는데도 끽소리도 못하고는 온정으로 한 대 맞아준 사람한테, 딱 한 대 맞고서는 뻗어버리다니. ……질릴 정도로 멋있는 히어로구나, 너는."

토우카의 목소리에는 어두운 분노가 담겨 있었다.

그런 토우카의 표정을 보는 카이의 얼굴에는 곤혹스러움과 두려움이 드러나 있었다.

"사람을 겉모습만으로 판단하고, 내면을 볼 생각은 조금도 하지 않아. 그런 주제에 멋대로 자기 사정을 들이밀지. 유우지 선배는 상냥한 사람이니까 너를 용서할지도 몰라. 하지만 나는 용서 못 해. ……절대로."

토우카는 크게 숨을 들이마신 후에, 고함쳤다.

"두 번 다시……, 내 소중한 연인한테, 손대지 마!"

카이는 말없이 고개만 끄덕거렸다.

그런 그를 경멸에 찬 시선으로 흘끔 쳐다보더니, 토우카는 멱살을 쥔 손을 놓았다.

그리고 내 곁으로 걸어와서, 한마디 중얼거렸다.

"……지금 건 확실히 선배를 위해서 한 말이에요."

어지간히 부끄러운가보다.

토우카는 나를 제대로 보지도 못하고, 부끄러운 듯이 툭 내뱉었다.

"그래, 알고 있어."

내가 말하자, 토우카는 부끄러움을 감추기 위해서인지 "알긴 뭘 안다는 거예요, 바—보!"라고 말하면서 내 옆구리에 몇 번이나 가벼운 펀치를 날렸다.

전혀 아프지 않다. 더 정확히 말하면 간지러웠다.

나는 망연자실한 표정으로 멍하니 드러누워 하늘을 우러러보는 카이를 바라보았다.

……모처럼 토우카가 나를 위해 큰소리를 내 줬으니까.

여기서 내가 말을 거는 건 별다른 의미가 없겠지.

"……돌아갈까."

"그러네요~."

내 말에 토우카는 그렇게 맞장구를 쳤다.

우리는 나란히 옥상 밖으로 나왔다.

그리고 계단을 내려가려다가 나는 뭔가를 떠올렸다.

"아, 그런데 토우카한테 하고 싶은 말이 있어."

내 말에 옆에 있던 토우카가 "네?!"라고 목소리를 높였다.

그리고 멈춰 서서 불안한 듯이 이쪽을 바라보았다.

그리 대단한 건 아니지만……, 그렇게 긴장하면 나도 긴장되잖아.

그렇게 생각하면서도, 나는 마음을 단단히 먹고 토우카에게 말했다.

"도시락 맛있더라. 정말 잘 먹었어."

내 말을 들은 토우카는 일단 입을 헤 벌리고 멍한 표정을 지었다.

그리고, 새빨개진 얼굴로 내 교복 소매를 잡았다.

"그, 그거! 지금 말할 타이밍이에요!?"

"맛있었다고 말 못 한 게 생각나서, 지금 말해본 거야."

내가 말하자 토우카는 "바보, 바보. ……바─보!"라고 소리치더니 "흥!"하고 고개를 홱 돌려버렸다.

그러다가 조심스러운 표정으로 나를 바라보며,

"선배는……, 정말이지 재미있는 사람이네요?"

라고 부드럽게 웃으며 말했다.

서로의 시선이 맞닿았다.

토우카는 역시 조금 창피한지 뺨을 붉게 물들이며 이렇

게 말했다.

"……다음에 또, 도시락 만들어 줄게요."

"그래, 기대할게."

"다음에는 같이 먹어요."

"……그래."

내 대답을 듣고, 토우카는 즐거운 듯이 웃음을 지었다.

18
화해

연휴가 끝나고.

나는 오랜 휴일에 익숙해진 나른한 기분을 질질 끌고서 등교하고 있었다.

주위를 걷는 학생들도 마찬가지라 나른한 표정으로 무거운 걸음을 질질 끌고 있었다.

……하지만 내 모습을 보고,

"으악, 토모키잖아."

"눈 마주치지 마, 잘못하면 죽어."

"연휴가 끝나자마자 최악이네……."

다들 갑자기 빨라진 걸음으로 학교로 향했다.

평소와 같은 풍경에 나는 한숨을 내쉬었다.

스터디 이벤트를 도운 정도로는 관계없는 학생들의 시선은 바뀌지 않는다는 걸까.

"좋은~ 아침이에요~!"

그때, 모두에게 기피당하는 나에게 말을 건 사람은 물론 토우카였다.

"그래, 안녕."

"아아~, 오늘도 학교는 축 늘어지네요~. 하지만 선배 주위에는 언제나 사람이 없어서 정말 편안해요~."

눈부신 웃음과 함께 그런 소리를 했다.

난 이제 남자 퇴치를 넘어서 인간 퇴치에까지 이용당하고 있는 건가.

"그러냐."

"네!"

내 쓴웃음이 섞인 말에도 토우카는 기쁘게 대답해 주었다.

그 후로 둘이서 나란히 학교로 향하는 길을 걷는다.

잠시 지나자 교문에 도착했다.

하지만 어째서인지 묘하게 소란스러웠다.

보아하니 거기에는 한 남학생이 서 있었다.

싸움이라도 한 걸까? 얼굴에 거즈를 댄 빡빡머리 남자였다.

구시대의 불량배 같은 그 이상한 분위기의 학생 주위를, 다른 학생들은 피해가며 교내로 향하고 있었다.

"우와, 한눈에 양아치란 걸 알 수 있는 사람이 선배 말고도 이 학교에 또 있었나 보네요~."

"그 선배라는 게 혹시 나야? 나는 양아치가 아닌데?"

"알고 있어요, 농담이라구요."

혀를 날름 내밀고서 조금도 미안함이 느껴지지 않는 표정으로 말하는 토우카.

나는 한숨을 내쉬며 다른 학생들을 따라 그 남학생을 피해 지나가려 했다.

"안녕하세요, 토모키 선배. ……잠깐 시간 좀 내주실 수 있나요?"

……하지만 나한테 들러붙었다.

토우카는 '우와…'라고 노골적으로 질색하고 있었다.

"아니, 이제 곧 수업이라. 점심에 어때?"

"그러네요. 제가 또 상대의 사정을 고려하지 않고……. 그럼 점심시간에 옥상에서 기다리겠습니다."

뭔가를 중얼거리더니 교실동으로 걸어가는 남학생.

이제까지 본 적이 없는 녀석인데.

아마 자기 실력을 자랑하고 싶어하는 싸움광 타입의 1학년이겠지.

그래서 학교에서 모두가 두려워하는 나를 상대로 정면에서 도전장을 낸 것이다, 라고.

분석하는 내 옆모습을 토우카는 불안한 듯이 엿보았다.

"괜찮아, 싸울 생각은 없으니까. ……진지하게 대화해 볼게. 그래도 안 통하면 상대 안 하고 무시할 테니까."

"……저도 점심시간에 함께 옥상에 갈거니까요."

흥, 하고 고개를 돌리면서 토우카는 말했다.

걱정해 주는 그 마음은 고마웠다.

하지만 토우카가 위험해지는 일이 없도록 나도 조심해야지…….

"고마워."

내 말에 토우카는 "그, 그럼 이따 점심시간에 선배네 교실로 갈게요!"라고 말하더니 자기 반으로 가버렸다.

나도 내 교실로 들어갔다.

그리고 내 자리에 앉자,

"여어, 토모키."

"……안녕."

아사쿠라가 나에게 말을 걸었다.

"스터디 이벤트 때는 일찌감치 돌아갔더라. 너랑 대화하고 싶어서 꽤 찾았는데."

"그랬구나. ……미안, 볼일이 좀 있었거든."

"볼일이 있어서 뒤풀이 축제에는 참가할 수도 없는데, 작업은 성실하게 도와주었다는 거야? 역시 토모키는 엄청 좋은 녀석이구나……."

아사쿠라는 나에게 존경의 눈빛을 보냈다.

……그 시선을 나는 정면에서 볼 수가 없었다.

이래서야 후배랑 싸웠다는 소리는 절대로 못 하겠네.

"앞으로 대화할 기회는 얼마든지 있으려나. 그럼 나중에 보자."

그렇게 말하고 아사쿠라는 자기 자리로 돌아갔다.

이렇게 교실에서도 평범하게 말을 걸어줘서 나는 상당히 기뻤다.

오늘 아침에 만난 빡빡머리도 내가 싸울 마음이 없다는 걸 알면 가만히 놔둬 주려나…….

그런 생각을 하고 있자니 이번에는 이케가 다가왔다.

"유우지, 좋은 아침이야. 무슨 문제라도 있어?"

연휴가 끝난 우울감 따위는 조금도 느껴지지 않는 상쾌한 웃음으로 이케가 물었다.

내 표정을 보고 뭔가 눈치를 챈 걸까?

"안녕. ……평소랑 똑같아."

"평소랑 똑같이 성가신 일이 있다는 건가. ……좀 도와줄까?"

못 말린다는 듯이 이케가 말했다.

하여간 뭐든 다 꿰뚫어보는 녀석이다.

나는 쓸쓸하게 웃고 나서 대답했다.

"별 거 아냐, 고맙다."

"그렇구나. ……무슨 일이 있으면 언제든지 상담해 줘."

"그래, 땡큐."

내가 대답하자, 조례 시간을 알리는 차임이 울렸다.

이케는 재빨리 자기 자리로 돌아갔다.

따분한 담임 선생님의 말을 흘려들으며 나는 생각했다.

괜찮아.

분명히 아무 문제도 없을 거야, 라고—.

☆　☆　☆

"죄송했습니다아아아아아아아아아앗!!"

그리고 점심시간이 되어, 옥상에 도착한 나와 토우카를 기다리는 건 무릎을 꿇고 머리가 닿을 기세로 사과하는 빡빡머리였다.

"……어?"

"잠깐만요, 선배. 대체 어느 틈에 털어버린 거예요? 아무리 그래도 너무 빠르잖아요."

"내가 털었다는 걸 전제로 이야기를 진행하지 말아줄래……."

고개를 조아리는 빡빡머리를 내려다보면서, 나와 토우카는 소곤거리며 그런 대화를 나누었다.

대체 내가 이 녀석한테 뭘 했는지 생각해 봤지만, 도무지 알 수 없었다.

"잠깐, 잠깐만. 나는 너한테 사과를 받을 이유가 없어. 그러지 말고 고개부터 들자."

그래서 솔직히 그렇게 말했다.

"……역시 제 사과를 받아 주실 수는 없겠습니까?"

그러자 빡빡머리는 면목이 없다는 표정으로 그렇게 말했다.

그 표정을 보자 내 머릿속에서 뭔가가 걸렸다.

"……어라? 토우카, 미안한데 말야. 이 녀석, 기억에 없어?"

"없는데요, 이런 빡빡머리."

"……어? 아, 그런가. 제가 누군지 모르셨나 보네요. 저예요. 카이 렛카입니다."

고개를 갸웃거리는 나와 토우카에게 그 녀석은 자신을 가리키며 말했다.

"아아, 카이 렛카라……."

그 목소리는 확실히 귀에 익……, 아니, 카이 렛카라고?!

""뭐어어어?!""

그렇게 나와 토우카는 깜짝 놀라 동시에 목소리를 냈다.

"아니, 토우카, 네가 놀라는 건 이상하잖아. 같은 반이지? 아무리 그래도 알아볼 기회는 있었을 거 아냐?"

그리고 냉정하게 딴죽을 거는 나.

"그, 그치만! 선배 생각하느라, 반 애들을 볼 여유 따윈……."

토우카는 거기까지 말한 후에 퍼뜩 놀란 표정으로 자기 입을 두 손으로 겹쳐서 가렸다.

겸연쩍은 듯이 이쪽을 엿보는 토우카의 얼굴은 새빨갛게 물들어 있었다.

……그랬구나. 옥상에 호출당한 나를 다른 일이 소홀해질 정도로 걱정했다는 거네.

그건 엄청나게 기쁘게 느껴졌다.

"고마워, 토우카."

내가 그렇게 한마디로 대답하자,

"……네에?"

라고 언짢은 듯이 토우카는 말했다.

창피함을 숨기려는 게 뻔히 보인다. 나는 흐뭇한 기분이 되어,

"아니, 아무것도 아냐."

라고 중얼거렸다.

하지만 토우카는 어째서인지 납득이 가지 않는다는 태도로 한숨을 푹 내쉬었다.

"……역시 제 착각이었던 것 같네요. 토모키 선배는 제가 생각한 악인이 아니었어요. 그리고 토우카도 진심으로 토모키 선배를 좋아하는구나."

우리의 대화를 지켜보던 카이가 갑자기 입을 열었다.

카이라는 말을 듣고 나니, 확실히 얼굴도 단정하고 목소리도 일치했다.

얼굴에 거즈를 댄 이유도 나한테 얻어맞은 부위에 아직

붓기가 가라앉지 않아서겠지.

그러네, 확실히 카이가 맞는 것 같다.

……하지만 이 녀석, 대체 무슨 말을 하는 거지?

토우카가 나를 진심으로 좋아한다고?

그럴 리가 있겠냐, 라고 생각하고 토우카를 보니 그녀는 새빨개진 얼굴로 고개를 숙이고 있었다.

사실무근인 소리에 화는 나지만, 부정할 수도 없어서 곤란해 하고 있다는 느낌이랄까.

"미안하다, 카이. 나한테 맞고 날아갔을 때 머리라도 찧었어? ……빨리 대처하지 못해서 이런 꼴이 되다니. ……정말로 미안하다."

카이답지 않은 소리를 듣고 나는 걱정이 되었다.

이 녀석이 이런 식으로 자신의 잘못을 인정하다니, 머리에 이상이 생겼다고 생각할 수밖에 없다.

"아뇨, 머리가 이상해진 건 아니에요. 그저……, 그때 토모키 선배가 제 주먹을 그대로 받아 주셨을 때. 저는 이렇게 그릇이 큰 사람이 있을 줄은 몰랐거든요. 그 후에 제대로 한 방 얻어맞고 나서 차분하게 생각해 봤죠. 어쩌면 난 아주 오랫동안 착각을 했고, 여태까지 토우카가 했던 말이 전부 진실이었던 게 아닐까, 라고요."

"……눈치채는 거 느려."

토우카가 혐오감을 드러내며 내뱉은 그 말에, 미안하다

는 듯이 눈을 내리까는 카이.

"계속 말해 줘."

그런 카이에게 나는 다음 말을 재촉했다.

그러자, 카이는 눈물을 글썽이면서 나를 올려다보고 입을 열었다.

"제가 터무니없는 착각을 했다는 걸 깨달았어요. 이제는 너무 늦었다는 건 저도 압니다. 나이프까지 꺼내서 사람을 덮치다니······. 저는 정말 구제불능의 비겁한 인간이에요. 지금 사과하고 나서 저는 학교를 자퇴하겠습니다. 그렇게 하면 토모키 선배도 토우카도 저 같은 놈의 얼굴을 안 봐도 될 테니까요."

카이는 후회로 가득한 표정으로 말했다.

내가 그런 카이에게 뭔가를 말하려고 했던 차에, 토우카가 차갑게 내뱉었다.

"정말로, 늦어도 너무 늦어. 네가 제멋대로 착각하는 바람에 선배가 얼마나 상처받았을지 생각은 해봤어? 그래놓고 넌 제멋대로 사과하고 또 제멋대로 만족하는 거야? 너 진짜 대단한 위선자구나."

"······그 말이 맞아. 나는 이제까지도 그랬고 지금도 여전히 자기만족에 절어서 사는 위선일 뿐이야."

고개를 푹 숙인 채로 카이는 힘없이 말했다.

그 모습이 토우카의 분노를 더욱 자극하는지 다시 입을

열려 했지만……

"그만 됐어, 토우카. …고마워."

"저는 딱히 고맙단 소리를 들을 만한……."

"잘 알았으니까. 여기서부터는 내가, 내 말로. ……제대로 얘기할게."

내 말에 토우카는 입을 다물었다.

분명, 하고 싶은 말은 아직 잔뜩 있겠지만, 내 생각을 존중해 준 거겠지.

"카이, 너한테 하고 싶은 말이 있다."

"……네."

내가 말하자 표정이 굳는 카이.

"사람을 외모만으로 판단하지 마라. 남이 하는 말은 똑바로 들어라. 자신이 무조건 옳다는 생각은 버려라."

"……네."

"그리고, 주먹은 꽤 쓸만하더라."

"……네. ……네?"

"그걸로 빚은 없던 걸로 치고 넘어가자. 맨주먹으로 싸움을 했으니까. 오해는 풀렸고, 나도 하고 싶은 말은 했어. 그러면 이제 너랑 나는 같은 고등학교에 다니는 선후배 사이일 뿐이야. ……자퇴까지 할 필요는 없어. 나한테 선생님들이 사정을 들으러 올지도 모르고, 그럼 나도 귀찮으니까. ……그래. 뭔가 곤란한 일이 있으면 말해. 가능한 선에서는 힘이 되어 주마."

내 말을 들은 카이가 고개를 들고서 어안이 벙벙한 표정을 지었다.

그리고…….

"무, 무슨 소리를 하는 거예요, 선배! 바보 아니에요?! 이 자식이 선배한테 무슨 짓을 했는지 벌써 잊었어요? 그렇게 멍청해도 괜찮은 거예요?!?!"

토우카가 엄청나게 험악한 표정으로 나를 나무랐다.

그야 그럴 만도 하다.

토우카는 나를 생각해서 이 녀석한테 이런저런 충고를 해 왔다.

그런데도 무서운 일을 겪고 말았다.

이렇게 간단히 용서한다면 그야 불평하고 싶어지는 것도 당연하다.

"카이는 착각했다고는 하지만 자기와 상관없는 사람을 구하기 위해 공포를 참아가며 나한테 싸움을 걸었어. 그리고 토우카가 말려들지 않게 배려하기도 했어. 확실히 토우카가 다쳤더라면, 나도 용서 하지는 않았을 거야. 하지만 이 녀석은 똑바로 나한테만 덤벼들었어. 기껏해야 나이프를 꺼낸 정도라면 너그럽게 넘어가줄 수 있어. 토우카, 그리고 말인데……."

화가 머리끝까지 난 토우카에게, 나는 뺨을 긁적이며 조용히 말했다.

"바보거든, 나는."

내 말을 들은 토우카와 카이가,

""선배……!""

동시에 중얼거렸다.

그리고 토우카는 적의가 담긴 눈빛을 카이에게 보내고, 카이는 그렁그렁한 눈빛을 나에게 보냈다.

"……토모키 유우지 선배! 저는 선배의, 그야말로 거대한 그릇에……, '사나이'의 마음에 반했습니다! 부디 제가 선배를……, 아니, 형님으로 모시게 해주십시오, 부탁드립니다!!"

그리고 여기에 왔을 때와 마찬가지로 무릎을 꿇고 고개를 조아리며 부탁하는 카이.

나는 기쁘기도 했지만 난처한 기분으로, 뭐라고 대답해야 좋을지 몰라 잠시 주저하는 수밖에 없었다….

19
비밀

"그 호모 빡빡이 자식, 내 남친한테 손대지 말라고 말한 지 얼마나 됐다고…."

"아니, 역시 그건 좀 지나친 오해 아닐까?"

그리고 방과 후.

나와 토우카는 나란히 하교하고 있었다.

이야기의 주제는 점심시간 때 만난 카이에 관해.

이제 곧 역에 도착하는데도, 토우카는 아직까지 카이 욕만 하고 있다.

형님, 아우 하는 걸 허락하면 내 평판에 악영향만 줄 것 같았기에 사양하고, 평범하게 사이좋은 선후배 관계로 지내는 건 어떠냐고 제안했다.

카이는 어째서인지 아쉬워하는 느낌이었지만 결국 그 조건을 받아들였다.

그런데도 토우카는 영 언짢은 듯했다.

카이에겐 더욱 강력한 제재를 가해야 한다고 생각하는 듯했지만…….

그런 부관참시 같은 짓까지는 하고 싶지 않았다.

"오해가 아니라니까요! 그때 그 자식의 표정을 제대로 안 봤어요? 완전히 '암컷의 얼굴'이었다구요! 헤롱헤롱이 었거든요?! 선배의 동정이 위험하다고요!"

"기분 탓이겠지."

내 대답에 토우카는 땅이 꺼져라 한숨을 내쉬었다.

"하아, 아무리 말해봐야 아무 소용 없겠네요. 이렇게 되었으니 제가 그 빡빡이 호모한테서 선배를 지켜내는 수밖에……."

단단히 각오한 표정으로 토우카는 중얼거렸다.

……이건 분명히 지나친 생각이라고 말할 수밖에 없다.

그야 분명 반했다는 소리는 했지만, 어떻게 생각해도 '동성으로서 우러러본다'라는 의미다.

기쁜 소리를 해준다는 생각은 했지만, 동정의 위기 같은 건 전혀 느끼지 못했다.

"그러고 보니 이제 곧 중간고사구나. 스터디 이벤트의 성과는 발휘할 수 있을 것 같아?"

일단 나는 화제를 바꿔보려 그런 말을 꺼냈다.

"그러네요, 그런 이벤트가 없어도 분명 1등은 할 수 있었겠지만요. 그 대량의 기출문제지도 있으니 전 틀림없이 전교 1등일 거예요."

태연자약한 표정으로 토우카는 말했다.

"엄청난 자신감이네. ……그래 놓고 만약 1등을 못 한다면 엄청 부끄러울 거다."

"에이, 무슨 소리예요. 그야 전 원래부터 우수한 데다 공부도 꽤 열심히 하는걸요. 내기해도 될 정도로 자신이 있어요!"

토우카의 말을 듣고 내 입가에 가벼운 웃음이 퍼졌다.

가벼운 기분으로 내기를 하는 경험은 이제까지 한 번도 없어서, 실은 조금 동경하기도 했다.

나는 무슨 내기를 할지 생각해 보았다.

후배를 상대로 터무니없는 요구는 하고 싶지 않으니까….

고민 끝에 좋은 아이디어가 떠올랐다.

"좋아. 그렇다면 이건 어때? 토우카가 전교 1등을 한다면 네가 원하는 음식을 사줄게. 1등을 놓친다면……, 나한테 또 도시락을 만들어 줘."

내 말에, 토우카는 뺨을 살짝 붉게 물들이고는 말했다.

"에이, 선배도 참. 내기할 정도로 제 수제 도시락이 먹고 싶었어요? 에이, 정말이지, 이러다가 조만간 아침마다 네가 만들어준 된장국을 먹고 싶다는 말이라도 듣는 거 아니에요?? 그거 너무 걱정되는데요~."

"아니, 아무리 그래도 거기까진 말 안 하지."

"……너, 너무해! 그야 당연히 농담이죠! 그보다 굳이 내기가 아니어도 말만 하면 도시락 정도는 언제든지 만들어 드릴 건데요!"

쑥스러운지 입술을 뾰족 내밀더니 토우카는 말했다.

"그런가, 그럼 성적이랑 상관없이, 시험이 끝나면 도시락에 대한 보답으로 뭔가 맛있는 걸 사줄게."

"어, 정말인가요?! 아자! 그럼 더욱 분발해서 도시락을 만들어 올게요! 이야~, 이거 왠지 미안한걸요~. 딱히 그런 걸 노리고 한 행동은 아니었는데~."

히죽거리며 웃는 토우카에게 조금 신경 쓰이는 일을 물어보았다.

"저기, 저번 도시락은 미안함의 표현으로 이해할 수 있지만, 평소에는 매점에서 빵을 사 먹으면서, 언제든지 도시락을 만들어주겠다니……, 그러면 귀찮지 않아?"

내 질문을 듣고 장난스럽게 웃는 토우카.

그녀는 내 눈동자를 엿보면서 말했다.

"그건 말이죠……. 제가 정~말 좋아하는, 자랑스러운 남친의 부탁이라서 그런 거예요!"

"…… '가짜' 남친이지만."

농담이라는 걸 모르진 않지만, 나는 그래도 그 말에 부끄러워져 그녀에게서 시선을 돌리며 대꾸했다.

그러자 그녀는 한순간 멍한 표정을 지었다.

왜 그러지?

그렇게 생각하고 말을 걸려 했을 때.

토우카는 갑자기 나를 놔두고 빠른 걸음으로 앞서 걸어 갔다.

무슨 일인가 싶어 뒤따라가자, 그녀는 차단기가 내려간 건널목 앞에 멈춰 서더니 몸을 빙글 돌리고.

깡깡깡깡깡깡.

딱 이 타이밍에 전철이 다가왔다.

바로 뒤의 차단기 너머로 전철이 통과하는 바로 그때.

토우카는 상냥하게 웃으면서 입을 열었다.

"이── 지만. ──한참 전부터 ──라구요?"

전철이 지나가고 토우카의 등 뒤에서 차단기가 올라갔다.

나는 그녀가 짓는 웃음을 보면서…….

"미안, 잘 안 들렸는데."

전철이 통과하는 소리에 묻혀 토우카가 하는 말은 거의 들리지 않았다.

하필 이런 타이밍에……, 라고 생각하면서 그녀의 대답을 기다렸지만.

"안 돼요. 역시 아직은 비밀이에요!"

해맑은 표정으로 토우카는 말했다.

……아니, 결국 뭐였던 건데?

그래도 토우카는 어느새 기분이 풀린 것 같으니, 깊이 생각하지 않기로 했다.

| 나의 마음

나의 중학교까지의 15년은, 솔직히 말해서 지옥이나 마찬가지였다.

이렇게 말해도, 나를 아는 사람은 분명……, 아무도 믿어주지 않을 거다.

왜냐하면 나는 좋은 가정에서 태어나 아무런 아쉬움 없이 자라고, 노력할 수 있는 환경이 주어진 사람이었으니까.

그 결과, 면학·스포츠·예술 전반에서 우수한 성적을 거두었다.

그러니까 겉으로 보는 사람은 나를 '어리광 피우지 마'라고… 그렇게 생각할지도 모른다.

하지만, 나에게 있어서는.

아무리 노력해도, 아무리 한계에 도전해도.

내가 도달하지 못하는 영역으로 너무나 쉽게 가버리는 오빠와 끊임없이 비교를 당한다면.

몇 번을 진지하게 도전해도, 단 하나조차 이기지 못한다면.

─마음은 꺾이고, 절망하게 된다.

어느새 나는 지는 데에 익숙해지고 이기기를 포기해, 자신이 '이케 하루마'의 여동생일 뿐이라는 사실에 타협하게 되었다.

그리고 고등학생이 된 나는……, 마지막으로 꼴사나운 발버둥을 쳐보기로 했다.

그건 오빠가 언제나 기쁜 표정으로 말하는 절친, 토모키 유우지와 소원해지게 만드는 것.

거기에 성공하면 약간이나마 통쾌한 기분이 들지도 모른다고 생각한 것이다.

……어린애 같은 발상이라 스스로 생각해도 한심하기 짝이 없다.

들기로는 그 토모키라는 사람은 엄청나게 믿음직스럽고 상냥하다고 한다.

오빠가 인정한 친구라면 이상한 짓은 당하지 않겠지.

고등학교에서 들러붙는 남자를 쫓는 효과도 있고, 오빠한테 한 방 먹이는 효과도 있다.

일석이조의 작전이었다.

나는 곧바로 결정했다. 토모키 유우지 선배와 접촉하기로.

☆　☆　☆

─그래.

나와 선배의 관계의 시작은 오빠에 대한 반감.

그저 그것뿐이었다.

언젠가 분명, 이 관계는 선배한테 이해받지 못한다는 사실에 내가 멋대로 실망해, 허무하게 끝나게 될 것이라고.

─그렇게 생각하고 있었다.

하지만, 내가 생각한 그 결말은 오지 않을 거라고 지금은 확신하고 있다.

그치만, 선배는 내가 가장 원하던 말을 해주었으니까.

나를 봐주고 내 노력을 인정해 주었다.

지금 내 가슴 속에는, 너무나도 따뜻하고 상냥한 열기가, 당연하다는 듯이 깃들어 있다.

그러니까 지금은, 이 관계가 너무나 소중해져서…….

도저히, 무엇과도 바꿀 수 없는 것이 되어 버렸다.

☆　☆　☆

그것은, 연휴가 끝나고 하교하는 도중에 일어난 일이다.

"좋아. 그렇다면 이건 어때? 토우카가 전교 1등을 한다면 네가 원하는 음식을 사줄게. 1등을 놓친다면……, 나한테 또 도시락을 만들어 줘."

선배는 어딘가 즐거운 듯이 나에게 말했다.

구름 한 점 없는 올곧은 눈빛으로 그렇게 말해주기에, 내 얼굴이 뜨겁게 달아오르는 것을 스스로도 느꼈다.

……아, 정말!

선배랑 있으면, 정말 너무 가슴이 두근거리거든요!!?

뭐가 '나한테 또 도시락을 만들어 줘'인가요?!

제 심장……, 폭발해 버리잖아요!

봐요, 정말……, 지금 엄청나다니까요, 제 심장 소리.

두근두근두근, 엄청난 속도로 뛰고 있어요.

어라, 이거 혹시 옆을 걷는 선배한테 들리지 않을까요?

라고, 불안해질 정도의 레벨이라구요!?

"에이, 선배도 참. 내기할 정도로 제 수제 도시락이 먹고 싶었어요? 에이, 정말이지, 이러다가 조만간 아침마다 네가 만들어준 된장국을 먹고 싶다는 말이라도 듣는 거 아니에요?? 그거 너무 걱정되는데요~."

"아니, 아무리 그래도 거기까진 말 안 하지."

"……너, 너무해! 그야 당연히 농담이죠! 그보다 굳이 내기가 아니어도 말만 하면 도시락 정도는 언제든지 만들어 드릴 건데요!"

뭐, 정말로 원하신다면 매일 아침 만들어 줄 수도 있지만요?

……라는 말까지는 역시 할 수 없어서, 나는 도시락이야 언제든지 만들어주겠다는 말만 했다.

"그런가, 그럼 성적이랑 상관없이, 시험이 끝나면 도시락에 대한 보답으로 뭔가 맛있는 걸 사줄게."

"어, 정말인가요?! 아자! 그럼 더욱 분발해서 도시락을 만들어 올게요! 이야~, 이거 왠지 미안한걸요~. 딱히 그런 걸 노리고 한 행동은 아니었는데~."

역시 선배는 상냥하고 멋있어!

이렇게 좋아하는 선배를 바라보고 있자니, 그 무표정 속에 언뜻언뜻 상냥함이 드러나더니 이런 말을 했다.

"저기, 저번 도시락은 미안함의 표현으로 이해할 수 있지만, 평소에는 매점에서 빵을 사 먹으면서, 언제든지 도시락을 만들어주겠다니……, 그러면 귀찮지 않아?"

…어라아~, 선배, 그거 물어버리는 건가요?

저 지금, 조금 발끈 해버렸다구요?

그런 거 뻔하잖아요, 선배 바보!

"그건 말이죠……. 제가 정~말 좋아하는, 자랑스러운 남친의 부탁이라서 그런 거예요!"

라고 말한 후에야 깨달았다.

큰일이다, 기세를 타고 그대로 말해버렸는데.

어떡하지, ……이거 고백이지?

"…… '가짜' 남친이지만."

내심 초조해 하는 나에게, 선배는 엉뚱한 곳을 보며 그렇게만 말했다.

……아니아니, 선배, 아무리 저도 흥분해서 선을 넘었다고는 하지만, 사랑에 빠진 소녀의 고백을 그런 식으로 흘려버리는 건 너무하지 않나요?

확실히 지금 건, 농담처럼 들렸을지도 모르지만요…….

나는 잠시 당혹스러워 하다가 생각했다.

나는, 선배를 좋아한다.

너무 좋아, 엄청 좋아한다.

……싸구려 같은 표현이지만, 사랑한다고 해도 과언이 아니다.

하지만 아무래도 선배한테 나는 '가짜 연인'과 '소중한 후배'일 뿐인 것 같다.

이전 전까지는 그 관계가 마음 편했는데.

그걸로 좋았었다.

하지만, 지금은 이미……, 그것만으로 끝나는 건 싫었다.

선배도 나를 좋아해 줬으면 했다.

'가짜'가 아닌 '진짜' 연인 사이가 되고 싶었다.

선배는 상냥하고 믿음직스럽다.

함께 있으면 마음이 편해지고, 즐겁다.

그뿐만 아니라, 어딘지 내버려둘 수 없는 위태로운 모습

도 있어서, 내가 없으면 안 되겠다고 생각하게 만드는 면
도 있다.

　게다가 무엇보다 선배는…….

　처음으로, 나를 제대로 봐주고.
　처음으로, 나를 인정해준 사람이니까.

　이 애타는 가슴을 도저히 주체할 수 없게 되어서.
　깨닫고 보니 나는, 선배를 놔두고 서둘러 앞서 걷고 있
었다.
　바로 눈앞에는 건널목이 있고, 차단기가 내려가 앞길을
가로막고 있었다.
　분명 곧 전철이 통과하겠지. ……나는 마침 잘 되었다고
생각했다.
　나는 그 앞에 서서 몸을 돌리고 선배를 마주보았다.
　시끄러운 소리가 귀를 때렸다.
　지금은 말하더라도 제대로 전해질지 알 수 없다.
　그거면 된다.
　나는 이 마음을 전하고 싶은 게 아니라, 그냥 소리 내어
말하고 싶을 뿐이니까.
　곤혹스러워하는 선배의 표정을 본다.
　어쩐지 그 표정이 나에게는 너무나 귀엽게 느껴져, 나도

모르게 뺨에 웃음이 번졌다.

　나는 선배에게 내 마음을 그대로 전하려고 입을 열고,
그리고——.

　잡음이, 사라졌다.

"이 관계는 가짜지만.

이 마음은 이미 한참 전부터, 진짜라구요?"

선배가 나를 봐 주었듯.

선배가 나를 인정해 주었듯.

나도 선배를 보고 있고, 인정하고 있다.

혼자서 모든 것을 짊어지고, 어느새 상처투성이가 되어도.

그래도 어쩔 수 없다고 생각하는 이 구제불능의 선배를…….

나는, 다른 모두에게서 지키고 싶다.

……있잖아요, 선배?

제가 당신을 소중하게 여기는 이 마음은.

제가 당신을 좋아한다고 여기는 이 마음은−.

의심할 여지 없는, 진짜랍니다?

"아, 미안. 잘 안 들렸는데."

그런 내 말에, 선배는 당황한 듯이 대답했다.

……그렇겠죠. 그야 안 들렸을 거예요.

방금 전, 전철이 통과하느라 꽤 시끄러웠으니까요.

……하지만, 그거면 돼요.

오늘은 연휴가 끝나고 오랜만에 선배랑 만나서 함께 있으니까 너무 두근거려서, 그만 평정심을 잃고 말았어요.

그래서 살짝 폭주하는 기분으로 기세에 맡겨 선배한테 마음을 전해 버렸지만……

사실은요, 이 관계가 무너질지도 모른다는 게, 역시 무서워요.

그야 저한테 이 관계는 너무나 소중한 연결고리니까요.

그러니까 담아두기만 할 수는 없는 이 마음을 소리 내어 말해 보았지만—.

이 마음을 확실히 전하는 건 역시 조금 더 나중이 좋겠다고, 그렇게 생각해요.

결국엔, 단순한 자기만족이지만요.

그래서 나는 제대로 들리지 않았다는 사실에 조금은 안도하면서, 똑바로 나를 바라보는 선배를 보고 다시금 생각한다.

소음에 묻혀버린 말과 마음을, 지금 다시 한번 전한다면.

나와 선배의 관계는 어떻게 될까?

선배는 기뻐해 줄까?

그게 아니면, 곤란하게 만들 뿐일까?

완전히 승산이 없다고는 생각하지 않는다.

하지만 나는 제멋대로인 데다 성격도 나쁘고 말버릇도 험하니까.

선배가 반드시 내 마음을 받아 줄 거라고, 확신할 수 없었다.

　―예전에 전한 "'가짜 연인 관계'가 싫어질 때까지. 저와
이 관계를 유지해 주세요."라는 말.

　사실은, 조금 기대하고 있다.

　언젠가 선배가, 나와 '가짜' 연인 관계인 게 싫어지고.
　……'진짜' 연인이 되고 싶다고, 고백해 주기를.
　그런 자기한테만 좋은, 망상 같은 것을, 경험도 없는 소
녀인 나는, 부끄럽지만 꿈을 꾸고 있다.

　―스스로도, 치사하다는 사실을 알고 있다.
　선배의 상냥함을 이용해, 나는 이 연심을 가슴속에 품은
채 속편한 관계를 만끽하려 하는 거니까.
　그래도, 용서해 주세요.
　언젠가, 저는 제 마음을 제대로 선배한테 전하겠습니
다.
　그때까지, 짧은 시간 동안만.
　조금만 더― 이 '가짜' 연인 관계에, 어리광 부리게 해주
세요.
　입 밖으로 내지 않고, 기도하는 심정으로 나는 그렇게

생각했다.

그러니까.

제대로 전하지 못한 이 말과 이 마음은ㅡ.

"안 돼요, 역시 아직은 비밀이에요!"

ㅡ조금만 더.

제 가슴속에 숨겨 두어도, 괜찮겠지요?

│후기

『친구 캐릭인 내가 인기 많을 리 없잖아?』를 이 서적으로 처음 읽어주신 분, 처음 뵙겠습니다. WEB판으로 즐겨주신 분, 언제나 응원해 주셔서 감사합니다, 세카이이치입니다.

이 소설은 소설 투고 사이트 〈소설가가 되자〉에 2018년 5월부터 투고했던 작품을 서적화한 것입니다. 많은 분들께서 응원해 주신 덕에 이렇게 책의 형태로 나올 수 있었습니다. 정말로 고맙다는 말씀을 드리고 싶습니다.

……그런데 WEB판에서부터 함께해주신 독자분들은 생소한 펜네임과 평소와 분위기가 180도 다른 후기에 당황하셨을지도 모르겠네요.

사실, 이 후기는 한 번 리테이크가 있었습니다.

다름이 아니라, 평소 후기에서 쓰는 말투와 WEB판의 펜네임을 공개해 버리면 읽은 후의 감상이 엉망으로 변할지도 모른다는 걱정이 들었거든요. 그런 고민 끝에 나온 후기가 바로 이것입니다.

무수정판 후기를 보고 싶으신 분은 7월 25일의 활동 보고에 실으려고 생각하고 있으니, 흥미가 있으시다면 그쪽을 봐 주셨으면 합니다. (어중간한 각오로 보셨다간 읽은 후의 감흥이 증발해버릴 가능성이 있으니 추천은 하지 않습니다).

WEB판에서는 남의 이목을 상관하지 않고 제멋대로 후기를 쓰고 있지만, 아무리 그래도 일러스트를 곁들인 양면 페이지 직후에 그런 식으로 떠들어댈 만큼, 멘탈이 강하지는 않다는 걸 이해해 주셨으면 합니다.

그런 관계로 느닷없지만 고마웠던 분들에게 인사를.

담당자님, 언제나 조언을 해주시고 의욕이 샘솟는 감상을 보내주셔서 감사합니다. 세카이이치 혼자의 힘으로는 이 정도로 납득이 가는 소설을 쓸 수 없었을 거라고 생각합니다. 앞으로도 잘 부탁드립니다!

그리고 토마리 선생님, 멋진 일러스트를 그려 주셔서 감사합니다. 아무튼 귀여운 초절글래머 여고생 하사키 카나와 정통파 미청년 하루마의 모습에 푹 빠져버렸습니다! 물론 다른 모든 캐릭터들도 대단히 매력적이고요! 앞으로도 잘 부탁드립니다!

그리고 영업 관계자 분들, 서점 분들, 디자인이나 교정을 맡아주시는 분들! 수많은 관계자들의 협력 덕분에 이렇게 멋진 서적으로 완성시킬 수 있었습니다. 정말 감사합니다!

　그리고 이 책을 선택해 주신 독자 여러분, 진심으로 감사드립니다!

　앞으로도 즐겁게 읽으실 수 있도록 노력할 테니 오래오래 잘 부탁드립니다.

　여러분과 다시 만날 수 있다면 기쁘겠습니다. 이상, 세카이이치였습니다!

©2019 Sekaiichi

First published in Japan in 2019 by OVERLAP, Inc.

Korean translation rights reserved by JEUMEDIA

Under the license from OVERLAP, Inc.,Tokyo JAPAN

이 책은 제우미디어와 저작권자와의 독점계약으로 출간되었습니다.

저작권법에 의해 한국 내에서 보호를 받는 저작물이므로 무단전재와 복제를 금합니다.

———

친구 캐릭인 내가 인기 많을 리 없잖아? 1

초판 1쇄 ㅣ 2020년 06월 25일

1판 3쇄 ㅣ 2021년 03월 15일

지은이 세카이이치 ㅣ **일러스트** 토마리 ㅣ **옮긴이** 주원일

펴낸이 서인석 ㅣ **펴낸곳** 제우미디어 ㅣ **출판등록** 제 3-429호

등록일자 1992년 8월 17일 ㅣ **주소** 서울시 마포구 독막로 76-1 한주빌딩 5층

전화 02-3142-6845 ㅣ **팩스** 02-3142-0075 ㅣ **홈페이지** www.jeumedia.com

ISBN 978-89-5952-937-7

         978-89-5952-936-0 (set)

*파본은 구입하신 서점에서 교환해 드립니다.

ㅣ **제우미디어 트위터** twitter.com/Jeumedia

만든 사람들

출판사업부 총괄 손대현 ㅣ **편집장** 전태준

책임편집 서민성 ㅣ **기획** 박건우, 안재욱, 양서경, 이주오

디자인 총괄 디자인그룹 헌드레드 ㅣ **제작, 영업** 김금남, 권혁진